ユイ・カルファード
ノイエの異母妹。もうひとりの
実兄リュナンとともにノイエを
慕う。リンの良き相談相手。
ノイエ・カルファード
異世界転生者。旅の魔女
だった母親に育てられてお
り、テザリアの平民の女言葉
しか喋れない。頭脳明晰で
領内の内政で活躍していた。

「あんた……相当な達人だな？」

「どういうつもりかしら？」

ベルゲン
ベルゲン鉄騎団の団長。テザリア南部で騎馬傭兵として暮らしてきた。

強のため傭兵団を雇うことにしたノイエだが——

「あんたが剣気を読むって噂は、どうやら本当らしいな。腕っ節の強い雇い主は嫌いじゃない」
「雇い主を試すような真似は二度と許さないわよ」
国盗りにあたり戦力増

リン王女
国王が侍女に生ませた隠し子。母親は小領主の娘であり、母方の祖父の没後は地方の神殿に身を寄せていた。
弟たちのときに使った算術の本を開きながら、私はまた溜息をつく。
「都までは早馬を使っても何日もかかるし、やってらんないわよねえ……。殿下、五コーグは何アルロかしら？」
可愛い弟妹が大事な兄なので、あらゆる邪魔ものは魔女から授かった力と現代知識で排除します
辺境下級貴族の逆転ライフ
ノイエはリン王女に勉強を教えることに――

HENKYOKAKYUKIZOKU NO
GYAKUTEN LIFE.

辺境下級貴族の逆転ライフ

可愛い弟妹が大事な兄なので、
あらゆる邪魔ものは
魔女から授かった力と
現代知識で排除します

漂月

画 保志あかり

口絵・本文イラスト
保志あかり

装丁
coil

■プロローグ

生まれ変わって覚えた言葉は、女言葉だった。

だから私はみんなから変なヤツだと思われて生きている。

まあ、それはそれで楽しいものだ。

転生者ノイエ・カルファード、つまり私は長い髪を弄《もてあそ》びながら、今世の父親に言った。

「父上、兵を貸してくださる？」

「長男とはいえ、お前は庶子だ。一門の兵を動かすのはあまり感心せんな」

辺境の小領主であるディグリフ・アルツ・カルファード卿《きょう》は、白髪《しらが》頭を撫《な》でながら溜息《ためいき》をつく。

近隣の小領主たちからも頼られる敏腕領主だ。

だが私には妙に甘い。

「という建前は口にしておくとして、だ。我が息子よ、どれぐらい必要だ？」

子供の頃《ころ》から父の領地経営に協力してきたせいか、私は父から全面的に信頼されているようだ。

今回は緊急事態なので、その信頼を遠慮なく使わせてもらう。

「ありったけお願いしますわ。任務は領内の治安維持。明日の日没までにはお返ししますから」

そう、緊急事態だ。

前世でよくわからないうちに死んでいた私は、よくわからない異世界でよくわからない弱小貴族の家に生まれ、よくわからないままに第二の人生を授かった。

そして今、よくわからないトラブルに首を突っ込んでいる。

早急に何とかする必要があった。

父はあごひげを撫で、じっと私を見つめてくる。真剣な表情だ。しかしどこか面白がっているようにも見える。

「貸すのは構わんが、詳しい事情を聞かねばな。引退間近とはいえ私は当主だ、家門に対する責任がある。何と戦うつもりだ?」

「ちょっと説明しにくいから、私の独断で兵を動かしたことにしたいの」

これから私が始めようとしていることは、王室への反逆にもなりかねない重大案件だ。下手《へた》をするとカルファード家全体が責を負うことになる。

しかしありがたいことに、異母弟のリュナンがドアを開けて飛び込んでくる。

「父上、夜分失礼します！　兄上がこちらにおいでだと聞きましたので、参上しました！」

十七歳のリュナンは一昨年《おととし》に成人を済ませており、ばっちり帯剣しての入室だ。七歳下の弟は、目をキラキラ輝かせて私を見つめてくる。

「ああ、兄上！　こんな夜分に何か急用ですか?　どんなことでも僕がお手伝いします！」

「ええと、リュナン……殿?」

「何度も言ってますが、父上の前であっても他人行儀はやめてください！　僕はノイエ・カルファードの弟、兄上の信奉者です！　ぜひ、呼び捨てで！」

グイグイ迫ってくる異母弟。この子、扱いにくいわ。

父はそれをしばらく見ていたが、やがて小さくうなずいた。

「よろしい。お前の『独断専行』を許可しよう。ただし絶対に領外への越境はするな」

「肝に銘じますわ」

領主は領内では絶大な権力を持つが、それは他の領主たちも同様だ。もし武装した兵が他家の領地に侵入したらトラブルになる。

「でも父上、本当にそれでいいの？」

すると父はフッと笑った。

「穏健なお前が急に兵を貸せと言ってきた。しかも『説明しにくい』敵だという。相当厄介な敵が領内に潜んでいることになるな。それも政治的に厄介な敵だ」

「ええと、はい」

なんだか見透かされている。

驚いたことに、父はそれ以上は聞かなかった。

「どんなに強大な敵とも臆《おく》せず戦うのが当家の家風だ。領主が領内で兵を動かす分には誰《だれ》にも文句は言われん。責任の所在など気にせず敵を打ちのめしなさい。報告を楽しみにしているよ」

「ありがとうございます、父上」

信頼の重みを感じつつ、私は一礼する。リュナンもそれに続いた。

「では僕は兄上をしっかりお支えしますね！」

それから私はリュナンを連れて廊下に出る。

「リュナン、各村を回って郷士と郎党を招集して。この時期なら百人ぐらいいけると思うから、一自分の兵糧を持たせてベナン村の里山を警戒してくれる？」

「は、はい。ということは外部からの襲撃なんですね？」

「そうよ。さすがね」

やはり聡明《そうめい》な子だ。まだ十七歳とはいえ、この国ではもう立派な大人だ。気構えが違う。

カルファード領には、収益源となる農村が四つある。私はそのひとつ、ベナン村の代官を任されていた。普段はベナン村での暮らしだ。

ベナン村は国教「清従教」の荘園と接しているせいでトラブルが多く、庶子の私が管理している。当主や嫡男に責を負わせないためだ。

「ベナン村に敵襲って、まさか清従教団と戦ったりはしませんよね？」

「やあねえ、そんな無茶するように見える？」

「見えませんけど、兄上はいつも奇想天外ですから」

どういう評価だろう。

とはいえ、リュナンの危惧《きぐ》はもっともだ。ベナン村に兵を集めれば、それだけで清従教団との関係を悪くする。

屋敷の庭に出たところで、リュナンが立ち止まって私を見つめる。

「僕は兄上を全面的に信頼していますが、説明をお願いします。その方がお役に立てると思いますし」

「そうね」

さすがにリュナンには話すべきだろう。私は覚悟を決めて、今日あったことを異母弟に告げた。

「清従教の神殿に、我がテザリアの王女が幽閉されているわ。しかも暗殺計画が進行中なのに、神官たちは王女を守る気がないのよ。このままだと今夜中に殺されるわ」

「なんでそんなことに⁉」

予想外の事態だったらしく、リュナンが半歩退く。

「兄上、確かに王女様の御身は大事です。でもこのままだと、当家の兵が清従教の神殿の内外で戦うことになりますよね？」

「そうなるでしょうね」

私が素直にうなずくと、リュナンは慌てたように私の裾《すそ》をつかんだ。

「いやいや兄上、それはまずいですって！」

「あら、リュナン。あんたは領主の嫡男でしょう？　あんたの家督継承権、貴族としての正統性を認めているのは誰？　あんたが忠誠を誓っているのは誰？」

私がイジワルな口調で言うと、リュナンは目をそらしながら答える。

「お……王室です」

領主たちは自分の領地以外にほとんど関心を持っていないが、それでも一応は国王に忠誠を誓っている。「王室の下で団結している」という体裁だからこそ、隣の領主との争いは王室が調停してくれるし、領内に他国の侵攻があれば国を挙げて守ってくれる。

だから貴族にとって、「建前」というのは案外重い。

私は微笑《ほほえ》む。

「じゃ、議論は終わりね。王室に連なる御方を守ることは私たちの役目よ」

私は歩き出したが、リュナンは真剣な顔で問いかけてくる。

「兄上はどちらかといえば王室が嫌いですよね？」

「ええまあ」

「じゃあそれ、建前ですよね？」

「うん」

私が即答したので、リュナンは私を追いかけながら訊《たず》ねてきた。

「本当のところはどうなんです？　そもそも襲撃の情報はどうやって手に入れたんですか？」

「あら、聞きたい？」

私は振り返り、異母弟ににんまり笑いかけた。

「今日の昼間、例の神殿で少し揉《も》め事《ごと》があったのよね」

■第一章

古めかしい木と石の神殿に、神殿長の怒鳴り声が響き渡った。

「な……な……」

擦り切れて色あせた法衣《ほうえ》をまとった老人が、顔を真っ赤《まっか》にしている。

「何を仰《おつしや》るのか、代官殿！　造ったばかりの水路を壊せとは！」

「あら、何か問題でも？」

私は椅子に腰掛けたまま、わざとらしく笑ってみせた。

「当家は農地を清従教団に寄進したけど、川は寄進してないわよ？　あの川はカルファード家の所有物。何の権利があって勝手に農業用の水路なんか造ってるの？」

「荘園は神の畑ですぞ。その神の畑を枯らさぬためです。代官殿は神が恐ろしくないのですかな？」

「何が？」

国教である清従教は民衆にも影響力があって大変恐ろしい。だから大抵の領主は農地の一部を教団に寄進している。

カルファード家の場合は、ここベナン村の半分を寄進しており、村を流れる川が境界線になっていた。

農地を寄進した見返りとして、教団はカルファード家のやることが戒律に多少違反してても大目に見てくれる。

というか、寄進してないと重箱の隅を執拗《しつよう》につつかれるので大変やりづらい。フェアなやり方とは思えないが、これが国教を司《つかさど》る清従教団の本質だ。

「それよりも荘園の小作人たち、何とかしてちょうだい。あんまり舐《な》めた真似《まね》されると、こっちも代官として動かざるを得ないのよ？」

清従教団の荘園で雇用されている小作人たちはベナン村の村人ではない。彼らはみんな別の領地の出身で、教団に保護を求めてきた訳ありの農民たちだ。

彼らは村の決まり事を守る必要がないので、しょっちゅうトラブルを起こす。

用水路になっている小川が一応の境界線なのだが、この小川の取水をめぐっても争いが起きていて、そのたびに私と神官たちの間で揉めていた。

今回もベナン村の村長に泣きつかれ、こうして直談判に乗り込んでいる。

私は頬杖《ほおづえ》をつきながら、仇敵《きゅうてき》の神殿長を見上げた。

「ベナン村の畑が水不足になったら、カルファード家も困るのよ」

「それは貴家の事情です。私たちとしても、神の畑を枯らす訳には参りません」

「なるほど、それもそうね」

この論争に見切りをつけて私は立ち上がった。

「神様と水争いするほど私も不信心じゃないわ。村人にも水路には手を出すなと厳命しましょう」

「え？　ええ？」

神殿長と副神殿長が顔を見合わせている。拍子抜けした？

「代官殿はそれでよろしいのか？」

「よろしいも何も、神殿長殿がそう仰ったんですもの。神の畑を干からびさせるなんて、あってはならないことでしょう？」

私は立ち上がると、ベナン村の村長や郷士たちに目配せした。

「帰るわよ」

「いや、ちょっと、ノイエ様⁉」

「そんなにあっさり引き下がって、お館《やかた》様に叱《しか》られますぞ⁉」

私以外全員があっけにとられていたが、私は構わずに神殿を出る。

それから私は村長にそっと告げた。

「神殿長に掛け合っても無駄だから、もっと話の通じる相手に言うわ」

「誰《だれ》です？　神殿長より上の神官ですか？　教区の大神官とか」

「私みたいな田舎《いなか》の『二つ名』が会ってもらえるとは思えないわね。もちろんそうじゃないわよ。交渉相手がいるのは村はずれの森よ」

私は笑いながら麦畑の間を歩いていく。村長たちも不安そうについてくる。

フェアではない相手には、こちらもフェアプレー精神を捨てる必要があった。

荘園の外れは深い森になっており、昼でも薄暗い。

その森の中には、廃材で組み立てたボロボロの小屋が一軒建っていた。領主や神殿の許可を得ていない不法建築だ。

「ちょっと待っててね」

私は村長たちを置いて小屋に近づく。

ボロ布をくぐって中に入ると、みすぼらしい格好の老人がビクッと振り返った。

「誰だ⁉」

彼はベナン村の村人ではなく、神殿に仕える小作人の顔役だ。何かの事情で故郷を捨てて、清従教団に保護された元農民だろう。今は荘園を耕す代わりに衣食住を保障されている。

だが人間というのは、衣食住だけで生きていける訳ではない。

「私よ。邪魔するわね」

「こ、これはお代官様……先日はどうも」

小作人の老人は頭を下げ、それから額を何度も拭《ぬぐ》った。

「その、お代官様から麦をたくさん頂戴《ちょうだい》しましたので、お礼の品を献上しようかと」

「あらやだいいのよ、そんなに気を遣わないでね。それにあげた麦をどう使おうが、それはあんたたちの自由よ」

以前、「収穫を全部神殿に持って行かれてしまうので食っていけない」と話していた老人だが、それがかなり誇張した表現なのは私も承知している。小作人を飢えさせるほど神官たちも馬鹿ではない。

しかし私には小作人たちに余剰の穀物を与えれば、それで何をするかはわかっていた。

小屋の中には大きな素焼きの壺《つぼ》が置かれている。小屋中に甘ったるい発酵臭がふわりと漂っていた。

「麦酒、好きねえ」

「へへへ……こいつがなけりゃ人生とは呼べませんから」

醸造中の酒壺をぺしぺし叩《たた》きながら、老人が嬉《うれ》しそうに顔をしわくちゃにする。

娯楽に乏しい農村だから、酒が無上の楽しみなのだろう。ビールの先祖のようなこの濁り酒は、パンと水さえあればできるという。

「でもそれ、神官たちに見つかるとまずいわよね？」

私が指摘すると、老人は急に嫌そうな顔をした。

「そそ、それだけはご勘弁を、お代官様！　没収されちまいます！　こんなに手間をかけて育ててきたのに！　もう少しなんです！」

「心配しなくても密告なんかしないわよ。ただちょっと、気になることがあってね」

私はにんまり笑う。

「神殿の命令であんたたちが造った水路、あれって何かの弾みで崩れたりしないのかしら？」

「え？　いえありゃ元石工のヤツにしっかり造らせてますから……」

そう言いかけた老人が不意に黙り込む。この老人、苦労人だけあって察しは良かった。伊達《だて》に経験は積んでいない。

「ああ、なるほど。そういうことですか」

「ええ。『崩れたら大変』だから、しっかり管理してね。うまくいったら岩塩を分けてあげるわ」

その瞬間、老人がクワッと目を見開く。

「岩塩ですって⁉」

「そうよ。酒の肴《さかな》に舐めるもよし、買い物に使うもよし。どう、悪い話じゃないでしょ？」

こんな内陸の田舎では塩は現金同然だ。食べられる分、現金より喜ばれることが多い。

「あの、どれぐらい頂戴できますんで……？」

「働きぶり次第よ。仲介料として一粒あげるわ」

ピンク色をした大粒の岩塩を取り出し、老人に手渡す。

老人は目を細めて、淡く透き通る結晶をしげしげと見つめた。

「へぇ……こりゃあ何ともキレイな色で……」

「国境の山岳地帯で採れた交易品よ。都の貴族も惚《ほ》れ込む上質な味わい。王都まで運べば、それ一粒で銅貨五枚になるんですって」

「そ、そんなに⁉」

「運べばね？」

実際は運ぶ手間賃が銅貨四枚分なので、この辺りでの価格は銅貨一枚だ。別に言う必要もないので黙っておく。

老人は私に背を向けると、独り言のようにつぶやいた。

「今夜、皆でやります」

「あら、ありがとう」

これでベナン村に流れ込む農業用水が増えるだろう。

にこやかに別れを告げた後、私は密造酒の醸造小屋を出る。

「疲れるわね……」

前世だったら警察や裁判所が何とかしてくれる案件だが、こんな中世だか近世だかわからない国にはそんなものはない。むしろ私がこの村の警察官兼裁判官だ。

この世界は何もかもがフェアではない。この世界で暮らす私自身もフェアでは生きられない。それがどうにも後ろめたい。

郷士たちのところに戻ろうとしたとき、視界の片隅に青い光を感じた。

「あら？」

森の奥に青い光が二つ、チラチラと瞬いている。

これは魔女たちが護身用に使う秘術によるもので、『殺意の赤』と呼ばれている。私にしか見えないこの光は、私個人に向けられる敵意を示す。

敵意が高まると色は青から紫、そして赤へと変化し、攻撃を仕掛けてくるときは赤く輝く軌跡に変わる。

この術を習得しているおかげで、私に対する不意打ちはほぼ通用しない。暗闇《くらやみ》や背後でもこの光は知覚できるからだ。

今世の母と旅暮らしをしていた幼少期、この術には何度も命を救われた。

さて、どうしたものか。

ここから追いかけても逃げられるだろうし、相手が二人というのも厄介だ。私の剣術と安物の剣一振りでは心許《こころもと》ない。

よし、知らん顔しておこう。

私は気づかないふりをして、そそくさと郷士たちのところに戻る。すると青い光はフッと消えた。

ひとまずは大丈夫そうだ。

「ノイエ様、どうされました?」

「何でもないわ。問題は解決したから、明日の朝まで待っててね」

私が笑うと、郷士と村長が顔を見合わせて安堵《あんど》する。

「どうだ村長、カルファードの若様は頼りになるだろう?」

「はは、もちろんですよ。初めてお見かけしたときは、珍妙な言葉遣いと身なりに驚きましたが」

「失礼ねえ。言葉遣いは母親譲りだからしょうがないじゃない」

私は髪を長く伸ばし、女物のイヤリングやネックレスをつけている。女装というほどではないが、こんな封建的な社会では異様だろう。

おまけに貴族男性なのに平民の女言葉しかしゃべれない。

だがどちらも、私の母であるイザナの影響だ。

彼女は魔女であり、私にいくつかの秘術を授けてくれた。ただし秘術の触媒や道具は女性が身に付けるものに偽装しているので、どうしても女物の小道具を身に付けることになる。

でも魔女の秘術は秘密なので、私は「単なる趣味」ということで通していた。

言葉遣いの方には、転生者としての悩みがあった。

転生しても私の母語は日本語のままなので、テザリア語を何種類も覚えるのは無理だ。テザリアでは社会的な立場で言葉遣いが細分化されているが、私には難解すぎる。

ま、しょうがない。

私は開き直って笑ってみせる。

「見た目が珍妙でも、仕事ぶりは確かでしょ？」

「ええ。ノイエ様がこの村の代官でいてくださる限り、村の者たちは安心して暮らせます」

村長が深々と頭を下げる。

前世では真面目《まじめ》に働いても感謝されることが少なかったので、何だかとても良い気分だ。今後も頑張ろうと思う。


「さてと」

とりあえず何事もなく、私はベナン村に帰ってきた。

ここには私の自宅兼オフィスがある。電気もネットもない木造の民家だが、ここがカルファード家のベナン支所だ。村の郷士、つまり在郷の士族たち数人が私の部下だが、今日はみんな外回りのようだ。今日は私が留守番か。

ちょうどいいので先刻の件を報告書にまとめつつ、黒パンとチーズをベナン産のワインで流し込む。生水は危なくて飲めないし、紅茶はおろか白湯《さゆ》も貴重品だ。煮炊きの手間が前世とは違う。

「酸っぱいわね……」

黒パンもチーズもワインも酸味が強すぎる。黒パンが特に酸っぱい。栄養バランスが優れているとはいえ、毎日これでは飽きてくる。ラーメンや刺身が恋しい。

明日は川魚でも釣ってハーブ焼きにしようかと考えていると、野良《のら》着姿の村人たちが駆け込んできた。

「代官様！」

「あら、また何か起きたの？」

神殿絡みだったらイヤだなと思っていると、村人たちはこう言った。

「村の畑に変な男がいるんです！」

さっきの森で見かけた連中だろうか。だとしたらのんびりはできない。

「すぐ行くわ」


村人の通報によると、貴族男子の正装をした子供が村の畑をうろついているという。

野菜泥棒なら問答無用で縛り上げるところだが、相手が貴族では手出しができない。危害を加えれば重罪になる。

平民側から話しかけるだけでもトラブルの元になるから、平民にとって貴族は厄介な存在だ。

そこで同じ貴族の私が駆り出される。

「どこにいるのよ……？」

馬を走らせて農地を巡回していると、すぐにその「変な男」を見つけた。かなり小柄で華奢《きゃしゃ》だ。あの身長なら十代前半の子供だろう。

着ているのはやはり貴族男子の正装だ。私の場合、冠婚葬祭ぐらいでしか着ない。

さて、どう考えても面倒の種だが、知らん顔もできない。

「止まりなさい」

私はいつでも抜剣できるよう警戒しながら、一応の礼儀として下馬した。相手がどんな貴族かわからない以上、あまり非礼もできない。

幸い、相手はすぐに立ち止まった。しかも怯《おび》えている。

「だ、誰だ⁉」

やはり子供だ。ただ、声は明らかに女の子だった。男装の少女なの？

黒髪ショートで眉《まゆ》が凛々《りり》しい。顔立ちはびっくりするほど整っていて、なかなかハンサムな美少女だった。

言葉遣いは貴族階級の男性のもので、少し厳《いか》めしい。男なのに女言葉を使っている私とは正反対だ。

相手が子供なので荒っぽいことは無しにして、なるべく穏やかに話しかける。

「それはこっちの台詞《せりふ》よ。ここはベナン村の農地よ？　村人以外の人がうろうろしてたら、代官が飛んでくるのは当たり前でしょう？」

「では、あなたは？」

「ノイエ・カルファード。この村の代官よ。よろしくね」

「だいかん……？」

耳慣れない単語だったらしく、首を傾《かし》げている少女。

この辺りの人間なら代官が何かは子供でも知っている。やはり余所《よそ》の人間のようだ。私は様子を見ながら補足した。

「要するに領主の代理人ね。領主の息子なのよ、私」

すると少女はすぐに背筋を伸ばし、私に敬礼した。

「ああ、家令みたいなものか……し、失礼した！　私はリン・テザリア！　聖サノー神殿を住まいとする者だ！」

ちょっと待て。

「……今、なんて？」

「え？　だから、聖サノー神殿の者だ。ほら、このへんの荘園を所有している……」

不思議そうに首を傾げながら少女が神殿の建物を指さしたが、私は少女に詰め寄る。

「そっちじゃなくて、あなた……いえ、あなた様は本当にテザリア家に連なる方なの？　ですか？」

平民の女言葉しか使えないのがもどかしい。テザリアの敬語は身分によって何段階にも分かれていて、非常にややこしい。日本語の比ではない。

リンと名乗った少女は私の変な敬語を気にする様子もなく、得意げに大きくうなずいた。

「もちろん！　私は現国王、グレトー・フォマンジュ・バル・ヴェスカ・ウルグ・バルザール・テザリアの実子だ！　見てくれこのサーベルの紋章！」

テザリア連邦王国の紋章が刻印されている。公的な身分証明となるので、偽造や違法所持をすれば身分詐称と王室侮辱で死刑になる。黄門様の印籠《いんろう》みたいなものだ。

それに国王の正式な名前を間違えずにスラスラ言えたことといい、これは本物っぽい。

ひとまず本物として扱うことにして、私は即座に地面に膝《ひざ》をつく。

「大変失礼いたしました。これも任務ゆえ、どうかお許しを」

「いや、私が悪いのだ。あ、いや……私が悪いのです。顔を上げてください」

リン王女は口調を和らげ、私の肩に手を置いた。

「夕飯に使うハーブを摘みに来たら、知らないうちに越境してしまっていたようだ。貴家の領地を侵すつもりはなかった。許してくれ」

この振る舞い、やはり高貴な身分の出身のようだ。貴族でも本当に偉い連中は無駄に威張らない。こんな田舎《いなか》の代官なんかと争うのは彼らの威信を傷つける。「同じ人間」でもなければ、「同じ貴族」でもない。

特に王族にとっては、下級貴族の末席の者など虫と大差ない。平民に至っては草と一緒、背景の一部だ。それを考慮すると、この子の鷹揚《おうよう》な振る舞いは王族らしさを感じさせた。

さて、事情はわからないがこのお姫様を神殿に送り返そう。どうせこんな辺境で暮らしている以上、王室の厄介者に決まっている。

「お送りするわ、いえ、お送りしますわ、リン殿下」

「ありがとう。改まった口調は結構だ。私は敬われるような立場ではない」

そうだろうなと思ったが、こちらも立場がある。

しかしリン王女が真剣な表情だったので、ここは王女殿下の意向を尊重することにした。

「わかったわ、リン殿下。さ、馬に乗ってね。私が轡《くつわ》を取るわ」

私が馬を差し出すと、リン王女は微《かす》かにたじろいだ。

「うっ……馬は乗ったことがないんだ……」

「あらそう？　大丈夫よ？」

「いやいや、ノイエ殿の馬だし……私は歩くよ」

「それを誰かに見られたら、私の首が飛ぶわよ」

馬があるのに王女を歩かせていたら、私にどんな嫌疑が降りかかるかわかったものではない。

しかしリン王女はずりずり後退しつつ、必死に馬から逃れようとしていた。

「ほんと、歩くの慣れてるから。ここまで歩いてきたし、ね？」

「いいから乗って。おとなしい馬だし、何も怖くないわよ」

「いいいいやだ！　絶対落ちる！　うちの王室には、落馬して死んだ者が何人もいるんだ！」

落馬で命を落とすことがあるのは事実だが、乗馬中に急死して結果的に落馬した者も結構いると聞く。そう怖がるものではない。

私が無言でグイグイ迫ると、リン王女はとうとう根負けして叫んだ。

「じゃ、じゃあノイエ殿も乗って！　手綱《たづな》を持ってくれるのなら乗る！」

「う、うーん……」

これは不敬に当たるのだろうか？

私も王室法を全部知っている訳ではないので、ちょっと判断がつかない。異世界出身の私には、テザリアの慣習は理解しがたいものが多かった。

まあいいか。

私は馬にまたがると、王女殿下に恭しく手を差し伸べた。

「ではお手を拝借ね、殿下」

「あ、うん。わかった」

リン王女は真剣な表情で何度か深呼吸をして、それから私の手をしっかりと握った。

確かに乗馬は素人《しろうと》のようだが、身のこなしは悪くない。平衡感覚と瞬発力がいい。これは鍛えている人間の動作だ。

「なかなかのお手前ね。何かなさってる？」

「剣術と畑仕事を少々」

ニコッと笑うリン王女。素直ないい笑顔だった。

私は王女を前に乗せたまま、農道をぽっくぽっくと馬で歩いていく。

リン王女はふと、すんすんと鼻を鳴らす。

「ノイエ殿は良い匂《にお》いがするな。なんだかすごく落ち着く……」

「あら、ありがとう。これは『安母香』っていう、虫除《よ》けの香よ。魔除けになるとも言われているわ」

適当にごまかすつもりだったのに、つい本当のことを言ってしまった。

案の定、リン王女が興味津々な様子でこちらを見上げてくる。

「魔除け？　ひょっとして魔術師なのか、ノイエ殿は？」

「私じゃなくて、亡くなった母がね。旅の占い師だったの。母は薬師《くすし》もしていたから、香の調合も母の直伝よ」

また口を滑らせて、本当のことを言ってしまった。この調子だと全部白状させられてしまう。なんか変だ。

でも不思議と悪い気分ではなかった。この子との会話は妙に安らぐ。

リン王女はふんふんとうなずき、また質問してきた。

「ノイエ殿の母君は平民か。ということは、ノイエ殿は庶子？」

「聞きにくいこと聞いてくるわね、殿下。その通りよ」

貴族の嫡子は、貴族同士の正式な婚姻によって生まれた子でなければならない。

するとリン王女は、またニコッと笑った。

「奇遇だな、私も庶子だ！」

リン王女は屈託のない表情を私に見せた後、前を向く。

「私は妾《めかけ》の子でな。母は王室の侍女だ」

「あらまあ」

とんだ王室ゴシップを聞いてしまった。うっかり他人に漏らそうものなら、比喩《ひゆ》ではなく私の首が飛ぶ。

「王宮からは追い出されたが、テザリア姓を名乗ることは許されたんだ。それに母の実家は領主だったから、祖父に養ってもらった。祖父が亡くなって、伯父に代替わりするまではな」

リン王女の様子に陰りが見えたので、気の毒になった私は彼女の肩を撫《な》でる。

「……また、追い出されたのね」

落ち込んだかと思ったリン王女だったが、割とあっさり元気になった。

「うん、そうなんだ！　今はあの神殿で暮らしている。あそこには母の墓もあるから、私が守らないとな。何も不満はない」

不満がない？

そんなはずはないだろうと思ったが、リン王女が前を向いてしまったので表情が見えない。

「そんなことよりノイエ殿は髪が長いし、宝石もつけてるな？」

「これも母の教えでね。魔除けよ」

なるべくそっけなく返したのだが、リン王女はまた振り返って目を輝かせた。

「もしかしてノイエ殿は魔法が使えるのか？　呪文《じゅもん》とか？」

「呪文は知らないわねえ……」

これは本当だ。私は呪文なんか知らない。

しかし魔法は使えた。

「殿下、あなた狙《ねら》われてるわよ」

「え？」

「きょろきょろしないで。相手に気づかれるわ」

私の視界には、さっきからチラチラと青紫色の光が明滅している。

さっき森で見かけた連中のようだ。まだ諦《あきら》めていないらしい。

「『青紫』か……面倒ね」

「なになに？」

青紫の光は二つ。麦の穂が揺れる畑の中に隠れている。弓なら届く距離だが、青紫色ならまだ攻撃してこないだろう。

もっともリン王女を狙っているのなら、それはわからない。そして普通に考えれば、標的は田舎《いなか》領主の庶子よりも隠遁《いんとん》している王女だ。

「まあでも、殿下を襲うなら私を最初に始末するわよね。邪魔だし」

「だから何なんだ？」

魔女の秘術は万能ではないから、相手の腹の底まではわからない。

だからあくまでも推測ではあるが、連中は王女を暗殺あるいは誘拐するつもりだが、私が邪魔で実行できない。そんなところではないだろうか。

「殿下、御身を狙われるような心当たりはある？」

「えっ⁉」

リン王女は目を丸くして振り向いた後、腕組みしてうーんと唸《うな》る。

「私には王位継承権もないし、狙われる理由が思い当たらない」

「あらそう」

背後関係は不明だが、ここは私の管轄地だ。王室に対する重大事件を起こされても困る。

おまけに王女はまだ十代の子供だ。こんな子供に危害を加えるなんて、人として見過ごす訳にはいかない。

転生しても私の中身は二十一世紀の日本人だ。大多数のテザリア人とは倫理感覚が根底から違う。

何より私は、このさばさばしたお姫様が嫌いではなかった。

そこで私はリン王女に微笑《ほほえ》む。

「だったら、連中には少しお仕置きしないとね」

私たちの馬が神殿に近づくにつれ、青紫の光は次第に強くなっていく。

鍛え抜かれた軍馬ならこの距離で先制攻撃を仕掛けるところだが、あいにくとこの馬はただの乗用馬だ。騎乗戦闘の調教を受けていない。

だから私はのんびりと馬を歩ませる。

「日が傾くと冷えるわね、殿下。私のマントを使って」

「あ、ああ。うん」

別に寒くはないと思うが、リン王女は察してくれたようでマントをまとう。すっぽり覆うとリン王女のシルエットはほぼ完全に隠れ、敵はますます彼女を狙いにくくなった。

青紫の光が紫になり、次第に赤紫へと変わる。襲撃は断念しないらしい。それも私ごと巻き添えにするつもりだ。あの光が示しているのは、あくまでも私個人に対する敵意だ。

ここはテザリア。張りぼてみたいな法が治める土地だ。降りかかる火の粉は払うしかない。

降りかかる火の粉よりも苛烈《かれつ》に焼き尽くすのだ。

「ノイエ殿、なんか嬉《うれ》しそうだな」

「そんなことないわよ?」

次第に赤紫の光が赤みを増してくる。だがまだ赤紫だ。攻撃開始の合図ではない。

敵は私の術に気づいていない。不意打ちできると思っているだろう。

ギリギリまではそう思わせておかねば。何せ私は一人、敵は二人だ。私は敵に気づいていないふりをする。

距離は約二十メートル。

今なら襲撃者がどこに隠れているのか、はっきりわかる。赤紫の光がふたつ、麦畑の中を静かに移動していた。

ただし穂の揺れ方には不自然な点がない。敵は隠密《おんみつ》行動の訓練を積んでいる。警戒が必要だ。

（ちょっと手強《てごわ》そうね）

そう思った次の瞬間、赤紫の光が完全な赤に変わった。光の軌跡が奔《はし》る。

来る！

私は無言で王女を抱き抱え、馬から転がり落ちる。

バンッという弦音が弾《はじ》けたときには、私は受け身を取って着地の衝撃から王女を守っていた。外れた太矢が近くの木に刺さる。

「うわ、何⁉」

「敵よ」

近距離だと狙《ねら》いをつけやすい反面、標的が一歩動くだけで狙いが外れる。

続けてもう一回弦音が鳴り響いたが、『殺意の赤』で軌道もタイミングも全《すべ》てお見通しだ。私は転がりながら避《よ》ける。矢は地面に突き刺さった。

至近距離からの狙撃に続けて失敗し、襲撃者は畑の中から飛び出してくる。行商人の出《い》で立《た》ちをした二人組の男だ。短剣を構えていた。

即座に私は剣を抜き、王女をかばいながら立ち上がる。

「私はノイエ・カルファード！　ベナン村の代官よ！　私を貴族と知っての狼藉《ろうぜき》でしょうね⁉」

その一瞬、襲撃者は明らかに怯《ひる》んだ。まさかこんな変な身なりの男が、この村の代官だとは思わなかったのだろう。

平民が貴族の殺害を企てれば、未遂でも死刑になる。それがテザリアの法律だ。普通なら逃げるか、それとも弁明して助命を乞《こ》うかの二択だ。

しかし私の予想通り、相手はどちらでもなかった。

「ちっ！」

二人とも短剣を抜いて私に襲いかかってくる。彼らに瞬くのは赤い輝きだ。

「覚悟はできてるわね？」

私は剣を構え、一歩踏み込む。

リン王女が背後で叫ぶ。

「待て、私も助太刀《すけだち》を！」

危ないから下がってて。そう言いたいが余裕はない。

私が踏み込んだ瞬間、敵の動きが急に鈍った。掛かったな。

ほんの一瞬だが無防備になった襲撃者を、私は袈裟《けさ》掛けに斬り捨てる。

まず一人。

「はっ！」

返す太刀でもう一人を片付けようと思ったが、それより早く敵が動き出した。

「野郎！」

鋭い動きで突き出される短剣を、私はヒョイとかわす。短剣より一瞬早く赤い輝きが動き、みぞおちを突いてくるのがわかったからだ。

相手の殺意が見える私には、殺し合いも約束稽古《げいこ》や演武と同じだ。むしろ相手に遠慮しなくていいので稽古よりやりやすい。

私はすり抜けざまに刃を滑らせ、刺客の首を撫でるように斬る。

「ぐぅっ⁉」

赤く染まった喉《のど》を押さえて男がのけぞり、赤い輝きがフッと消える。すかさず剣で斬りつけ、刃で頭を叩《たた》き割った。

ほんの数秒の、だが恐ろしく疲れる攻防。

どうなることかと思ったが、今回は二人だったので割と楽だった。剣の血を払い、ついでに死体のマントで刀身を拭《ぬぐ》ってから鞘《さや》に納める。

クロスボウの太矢には毒らしきものが塗られていた。もともとクロスボウは威力が高いのだが、毒まで塗るとは念入りな殺意を感じる。

ふと振り返ると、リン王女が目をキラキラさせていた。

「す……すごい！　ノイエ殿は達人か！　ぜひ私に剣の指南を！」

「あー……。あのね、これは魔女のおまじないのおかげなの」

「でも今の動き、まるで騎士物語の英雄のようだった！　ノイエ殿はすごいな！」

何をのんきなことを。

目の前で殺し合いを見ても動じていないのは、さすが王女様というべきか。

私は苦笑しながら、王女に簡単に説明した。

「『安母香』を嗅《か》いだ人間は一瞬、戦意を失うわ。嗅覚《きゅうかく》は原始的な分、本能に強く働きかけるの。でも匂《にお》いにはすぐ慣れてしまうから、効果があるのは最初だけよ」

「なるほど……。あ、それで『魔除《まよ》け』なのか」

うんうんとうなずいているリン王女。

「それいいなあ。好きな香りだし」

「じゃあ後で少し分けて……いえ、献上しましょうね」

「やった！」

魔女の秘術とはいえ、『安母香』は別にいいだろう。母のイザナも家庭内暴力に悩む女性たちに売っていたぐらいだ。

「さて、それよりも洗いざらい白状してもらわないとね」

私は死体の片方に手を伸ばし、その血溜《だ》まりに触れる。

「ノイエ殿、何をしてるんだ？」

「死亡直後の新鮮な脳から記憶を読み取ってるのよ。今しかできない作業だから邪魔しないで。脳組織が壊死《えし》してからじゃ遅いの」

「のう？　えし？」

「いいから周囲を見張っててね」

これも魔女の秘術『死体占い』だ。正式には『遺言』の術という。

目を閉じて意識を集中させると、刺客の記憶を断片的に拾うことができた。

……これはまずい。

「殿下、あなた本気で命を狙《ねら》われてるわよ」

「それはまあ、こいつらを見ればわかるが」

のんきなことを言っている王女に、私は指を拭いながら向き直る。

視線を素早く左右に巡らせると、森のかなり奥の方に青い光がひとつ見えた。三人目がいる。暗殺の監視役か。

「見えてるわよ」

私はテザリアの仕草で「お前を見ているぞ」と示す。青い光が一瞬激しく明滅し、スッと小さくなった。逃げたようだ。

「本格的ね。今夜、もっと大勢で仕掛けてくる計画だわ」

「どこに？　まさか、神殿にか？」

「もちろん。ああいう手合いは神罰なんか怖くも何ともないのよ」

私がそうだからわかる。

「世俗の権力闘争じゃ、神殿だの寺院だのは『試合場の外』なの。逆に言えば、その程度の意味合いしかないわ。権力闘争のルールを守らない相手には神殿の加護は通じないのよ。殿下はどうやら、権力闘争に試合復帰することになったようね」

それを聞いたリン王女は目をまんまるにして、信じられない様子で口を開く。

「私がか？　女の上に庶子なんだぞ？　継承権すら持っていないと、さっきも言っただろう。殺す価値もないんだ」

私は首を横に振る。

「本当にそうなら、わざわざ暗殺なんかしないわよ。するとしても、私なら毒殺にするわ。こんな白昼に襲いかかってきたってことは、殿下を取り巻く情勢が急変したと見ていいでしょう」

そこまで話したとき、リン王女の表情が暗いことに気づく。

「どうしたの、殿下?」

「いや……王位の継承が理由で私を殺しに来たということなら、殺されてやるしかない……」

リン王女はうつむいたまま、きゅっと拳《こぶし》を握る。

「私にも神殿の者たちにも、刺客を迎え撃つ力はない。かといって逃げることもできない」

王女は神殿の古ぼけた建物を指さした。

「私はあの神殿から出ないことを誓わされている。本当は荘園を歩くことも許されていないんだ。どこにも逃げられないから、覚悟を決めるしかない」

「ちょっとちょっと……?」

私が顔をしかめると、リン王女は無理に笑顔を作ってみせた。

「なに、これも王室に生まれた者の務めだ。死なねばならぬときには潔く死ぬ。王室の為《ため》に死ぬのも王女の役目だと教わった」

「あんたを追い出したクソ王室にそんな義理立てしなくていいわよ」

ちょっと感情的になってしまい、敬愛すべき我が王室のことをクソ呼ばわりしてしまったが、まあいいだろう。ついでに目の前の王女様もあんた呼ばわりしたが、そっちも大目に見てもらう。

それよりも問題なのは、彼女が生きることを放棄しかけていることだ。

「だいたいこいつら、どこかのクソ野郎が雇った暗殺者よ。処刑役人じゃないわ。あんたを殺す正当な権限は有してないの。こういう手合いから逃げるときに、法律や約束なんか守る必要はないわよ」

「そ、そうだろうか……」

「そうよ。こんな無法者は返り討ちにするのが王女の務めよ」

リン王女からはフェアな精神を感じる。何もかもがフェアでは存在できない異世界で、彼女だけがフェアだった。

だから今、こうして存在を抹消されようとしている。

一方、彼女を殺そうとしている連中にはフェアも何もない。暗殺者の群れだ。

どちらに味方するかなんて考えるまでもない。

しかしリン王女は泣きそうな顔でおろおろしていた。

「でも私は、私はノイエ殿みたいに強くないんだ」

「心配しなくていいわ。私が味方になる」

私は腰を屈《かが》めて、リン王女の顔を真正面から覗《のぞ》き込む。

「さっき会ったばかりの間柄だから、一度しか聞かないわよ。あなた、生きたくないの？」

「え？　え？」

「生きたくないのなら、私とはここでおしまい。私はベナン村の代官として、自分の役割を果たすわ」

私はこの少女を助けたい。彼女はまだ中学生ぐらいの年頃だ。

私の価値観では彼女は子供であり、大人の私には見知らぬ彼女を守る責任がある。

だがここは異世界。迷信と差別が常識とされるテザリア王国だ。私の価値観はここでは通用しない。そして彼女を守るためには、彼女自身の決断が必要だった。

だから彼女自身に決めてもらう。

「私は今、あなたの力になりたいと思っている。でもそれは私が押しつけるものじゃないのよ。あなたの人生はあなた自身が決めることなの」

「そんな難しいこと急に言われても」

暗殺者がリン王女を殺すのは全くフェアではないが、私が一方的に守るのも何となくフェアではない。それではリン王女の意志が尊重されていない。

だから私は祈るような気持ちで彼女に問う。

「どうする？　私はあなたを助けなくてもいいの？」

「それは……」

リン王女はうつむき、沈黙を続ける。待っている時間が焦《じ》れったいぐらいに長い。お願いだ、私に助けを求めて。

彼女の返答をドキドキしながら待っていると、やがてリン王女は真《ま》っ赤《か》に泣《な》き腫《は》らした目を私に向けた。

「死にたくない……助けて……」

笑っちゃうぐらいに間抜けな声と表情。でもそれは紛れもなく、彼女が発したＳＯＳだった。

ホッと安堵《あんど》した私は、思わず彼女の手を握りしめる。

「わかった。これから私はあなたの味方よ。どんなことがあっても、あなたを守る為に全力を尽くすわ。王室も貴族も関係ない。一人の大人としてあなたを守るわ」

その言葉の意味がよくわからなかったのか、リン王女は目をぱちぱちさせる。

しかしやがて、照れくさそうに微笑《ほほえ》んだ。

「……ありがとう、ノイエ殿」

「どういたしまして」

リン王女は顔をごしごし拭いながら、不思議そうに問いかけてくる。

「でも、どうして助けてくれるんだ？　私が王女だから？」

「あらやだ、そんなの関係ないわ」

私はハンカチを渡しながら笑ってみせる。

「助けを求めている子供を守ることが、他のどんな正義よりも正しいと信じているから。それだけよ」

「それ……だけ？」

「そうよ。ほら早く顔拭《ふ》いて」

テザリアでは本当にくだらない理由で子供が死ぬ。昨日《きのう》まで元気だった子が、事故や病気や犯罪で簡単に命を落としてしまう。

そしてそれは「仕方のないこと」として日常の一部になっていた。だから子供を守ることにも、みんなそれほど熱心ではない。

だが私のいた前世、二十一世紀の日本ではそんなことはなかった。……と思う。

リン王女は真っ赤になった目を擦《こす》り、それから照れくさそうに笑った。

「ありがとう。ノイエ殿は変わり者だな」

「よく言われるわ」

私は自分が途方もない危険に首を突っ込んだことを自覚していたが、同時に胸の高鳴りを感じていた。

ずっと前から気に入らなかったのだ、このフェアではない世界が。

だから叩き壊してやる。

＊　＊　＊

というような話を、私は異母弟のリュナンに語って聞かせた。魔女の秘密は伏せた上で、だが。

「敵はおそらく、まとまった人数の暗殺者を送り込んでくるわ。それも今夜中にね」

護衛もろくすっぽついていない王女など、人知れず殺す方法はいくらでもあったはずだ。それなのに白昼堂々の襲撃をした。拙速さが目立つ。

「敵には『急いで王女を暗殺しなければならない事情』があるはずよ。時間をかけたくないの。だったら防御側が為《な》すべきことは、遅滞戦術による王女護衛」

リュナンはしばらく呆然《ぼうぜん》としていたが、慌てて私に食らいついてきた。

「兄上、危険すぎます！　王女暗殺をもくろむ勢力ですよ!?　カルファード家の政治力や武力でどうにかなる相手とは思えません！」

「だから遅滞戦術だって言ってんのよ」

「いやいや、そうじゃなくてですね！　なんでそこで戦うって決断になるんですか!?」

その瞬間、私はリュナンに向き直る。今世ではやけに背が高い私は、リュナンを間近で見下ろす形になった。

「殺されそうになって助けを求めている子供を、あんたは見捨てられるの？」

「し、しかし、僕たちには一門を守る責任が……」

「子供も一門も守ればいいだけでしょ」

田舎《いなか》貴族の大勝負としては悪くない。見返りは大きいし大義名分もある。

もし最悪の結末になったとしても、「悲運の王女を守った誇り高い一族」として歴史に名を残せるだろう。どうせいつかはみんな死ぬのだ。私のように。

一方、ここで傍観する見返りは何もない。だったら勝負に出るべきだ。

しかしリュナンの言い分もわかるので、私はわざと声を潜めてみせる。

「リュナン、落ち着いてよく考えなさい。庶子の王女なんかを急に殺そうとしたのは、都で何か起きてる証拠よ。カルファード家にとって、おそらく二度とない好機だわ」

「ほんとに好機ですか⁉」

いつもなら速攻で私に従う異母弟が、今日はやけに食い下がる。それだけ重大な案件だからだ。

私は笑って、リュナンのおでこをツンとつついた。

「この国では庶子が嫡子になることもあるのよ。あんたも気をつけなさいな」

「えっ？　あっ……なるほど」

額を撫《な》でたリュナンは、すぐに意味を察したらしい。

「兄上の見立てでは、王室で廃嫡が起きたということですね⁉」

「そうね。王位継承の序列が変わるような、何かが起きたのはほぼ確実だと思っているわ。当家は今回、幸運にもその兆しをつかんだ。だとしたら、やるべきことはひとつでしょ？」

するとリュナンは即座にうなずいた。

「はい、兄上！　すぐにジオ、コルグ、デルの三村から兵を招集します！　農民たちをありったけ動員しましょう！」

「いい考えだけど、暗殺者に気づかれて逃げられるとまずいわ。ここで始末しないと後々面倒だもの」

「あ、では軍役に慣れた少数精鋭で」

「そうね」

この子は話が早いから助かる。

私は自分の馬に乗ると、馬上から弟に手を振った。

「私は一足先に帰って、神殿周辺に手勢を潜ませるわ。救援よろしくね」

「はい、兄上！」

＊　＊　＊

【リン王女の長い夜】


私は自分の部屋ではなく、神殿の祭具倉庫に身を潜めていた。

ここはノイエ殿が指定した、「火と矢を防ぎ、侵入口はひとつしかないが脱出口が別にあり、身を隠す場所がたくさんある」という条件を全《すべ》て満たしている。

ここは火に強い土壁の倉だ。木箱がたくさんあり、隠れる場所はいくらでもある。日差しで祭具が灼《や》けないよう大きな窓はないし、扉もひとつしかない。

でも実は外壁の一カ所が少し崩れていて、小柄な私ならギリギリ出入りすることができた。外からは見えないように板で隠してある。私の秘密の隠れ場所だからだ。

ここならたぶん、敵は私を見つけるのにかなり苦労するだろう。見つかっても脱出が可能だ。かび臭くて真っ暗な倉庫の中で、息を潜める。王族の端くれとして剣で戦うこともできるが、大人の男が相手ではほとんど勝ち目がない。

ノイエ殿の言う通り、ここで救援を待つことにしよう。


でも本当に、救援は来るのだろうか？


ノイエ殿は今日会ったばかりの他人だ。男なのか女なのかわからない感じがとても神秘的で、すごくカッコいいと思う。それにメチャクチャ強い。

でも彼には私を守る理由がない。

もしかすると、助けなど来ないのでは……そう思ってしまう。

しかし今の私には、ノイエ殿を信じるしかない。他にできることが何もないのだ。

神殿から逃げたところで、私はこの辺りの地理に疎《うと》い。旅の経験もほとんどない。野宿もしたことがない。逃げきれるはずがなかった。

耳を澄ませていると、外が少し騒がしい気がする。敵襲かな。

さっき倉庫の扉が開いて、この中を誰かが歩き回っていた。私はそいつの明かりから逃げるように、こそこそ動いてやり過ごした。昔、神官たち相手によくやっていた隠れ方だ。

ぐるっと倉庫を調べ回った後、そいつは倉庫から出て行った。それっきり、誰《だれ》もここには来ていない。だから私はまだ生きている。

でも、怖い。

これから私はどうなるのだろう。今夜が私の人生最後の夜になるのだろうか。

王室の為《ため》に死ぬ覚悟はしていたつもりだけど、よくよく考えてみたらやっぱり嫌だ。

おじいさまの蔵書にあった、華やかでどこか儚《はかな》げな騎士物語。あんな世界が外に広がっているのだとしたら、それを知らずに死んでしまうのは惜しい。

今日会ったあの方は、今までに読んだどの騎士物語の騎士よりも強く、美しく、そして高潔だった。

どうせなら、あの方と共に何かを為してみたい。

そんな気持ちがふつふつと湧《わ》いてくる。

あれ？

急に静かになったな……。

＊　＊　＊

「構わないから、じゃんじゃんブッ殺しなさい！　相手は賊よ！」

私は郷士とその郎党たちを指揮して、剣を振りかざした。先頭を突っ走り、向かってくる暗殺者を斬り伏せる。殺意センサーを備えた私が先陣を切れば、敵の奇襲はほぼ無意味だ。

「うわあぁ！」

悲鳴をあげてナイフで突きかかってくる暗殺者。その手首を小手打ちの要領で叩《たた》き斬る。タイミングも狙《ねら》いも全部見えているから、こんなものは戦いですらない。

返す太刀《たち》で首を薙《な》ぎ払《はら》い、さっさと絶命させる。

「うちの森を荒らしてる時点で万死に値するわ！」

ベナン村の郷士、つまり在郷の士族は二家あり、成人男子が八名。彼らの使用人や腕自慢の村人有志などが合計二十名ほど。総勢三十名弱が私の手勢だ。

防具は厚手の革服と木の盾ぐらいだが、全員が槍《やり》と投石紐《ひも》で武装している。腕前も悪くない。

そして彼らが戦っている相手は、十人余りの暗殺団。呆《あき》れたことに堂々と野営していた。

「ほんとにアホよね、里山に入って隠れたつもりになってんだから……」

村の周囲の森は里山になっており、薪《たきぎ》などを集める為にきちんと整備されている。

ここは家畜の飼料となる木の実や、健康に役立つ種々の薬草など、生活に必要なさまざまな物資を提供してくれる。村の共有財産であり、村人たちにとっては庭と同じだ。

そんな場所を余所者がうろついてバレないと思っていたのは、暗殺者たちが農民出身ではないからだろう。何となく出自の想像がつく。

まあとにかく、全部殺そう。

「暗殺者の武器はどれも隠匿重視で小さいわ！　軍隊との交戦は想定してないの！　怯《ひる》まずに槍と

盾で押し込みなさい！　他の村の郷士に負けるんじゃないわよ！」

リュナン率いる他村の郷士隊も到着しており、数の優位は決定的になっていた。森の中で包囲が完成し、我がカルファード軍は敵勢力の殲滅《せんめつ》段階に入る。

「兄上をお守りせよ！　突撃！」

弟の元気な声も聞こえてくる。どうやら勝ったようだ。

ひとまずは。


「各村の郷士隊、集合しなさい！」

ベナン村の郷士が警笛で合図を鳴らすと、他の村の郷士隊が集まってくる。やはり百人ほどだ。敵が圧倒的少数の上に軽装だったので、こちらに被害らしい被害はない。

暗殺団の半分ぐらいを私が叩き斬ったからだが、やはり手勢が多いと楽に勝てる。

ただし、全てが終わった訳ではなかった。

私は郷士や農民兵たちに告げる。

「サノー神殿にリン王女殿下がおられるわ！　敵暗殺団が殿下を狙《ねら》って行動中よ！　神殿を包囲し、王女殿下を救出するの！」

昼間に『死体占い』で読み取ったとき、暗殺団の規模は二十人ぐらいだった。死体の記憶が間違っているだけかもしれないが、そうでないとすれば危ない。

討ち漏らした暗殺者が二～三人もいれば、王女はほぼ確実に殺せる。

「兄上の御命令を聞いたな⁉　すぐに取りかかれ！」

リュナンが叫ぶと、すぐに郷士たちは進軍を開始した。

「ベナン村の隊は突入、他村の郷士隊は神殿を包囲！　あと街道と農道を完全に封鎖しなさい！　疑わしい者は全て斬り捨てよ！」

私はそれだけ命じて、神殿の門を蹴《け》り開ける。私には『殺意の赤』があり、今回も私が先陣を切れば戦死者は最小限に抑えられるはずだ。

そして予想通りの展開になった。


「ばっ、化け物ぉ！」

クロスボウの至近射撃を首ひとつで避けられれば、大抵の人間はそう叫ぶだろう。

だが種明かしをする必要はないし、そんな時間もない。

「はぁっ！」

『殺意の赤』が幾つも輝く中、私は刺客たちに肉迫した。クロスボウ使いに短剣を抜く暇を与えず、小手打ちで手首に深手を負わせる。

「うがぁっ⁉」

短剣を取り落としたクロスボウ使いは、後続の郷士たちの槍に突き伏せられる。私の背後には数十人の兵がいる。何も恐れる必要はない。

「行くわよ」

＊　＊　＊

【暗殺者の悔恨】

こんなはずではなかった。

俺たちは次々に討ち取られながら数を減らしていく。

なんだこいつらは⁉　まさか近隣の領主の兵か⁉　多すぎる⁉

敵はさほど戦い慣れていないようだが、数が多い。おまけに戦支度をしていた。

こちらは少数の上、武装は暗殺用のものばかり。槍や盾を相手にするには力不足だ。

聞いていたのと違う。こんなことは計画にはない。

なんという失態だ。あの方が知ったらお怒りになるぞ。

恐怖と共に怒りにも似た感情が湧き上がってくるが、怒りをぶつける相手がいない。仲間はもう全《すべ》てやられてしまった。外にいるはずの別動隊からも連絡はなかったし、もう全滅してるんだろう。

だが本当に、こんなはずじゃなかったんだ。

人気《ひとけ》のない夜の神殿で、丸腰の小娘を血祭りに上げる。それだけの簡単な任務のはずだ。

肝心の王女はまだ見つかっていない。探せる場所は全部探した。死体を確認しなきゃいけないから、怪しい場所に火を放って焼き殺すという訳にはいかない。

何もかも失敗だ。俺も生きては帰れないだろう。逃げたところであの方に殺される。

くそっ、誰《だれ》のせいだ。

「テザリアの法では暗殺者に降伏の権利はないわ。全て斬り捨てなさい」

指揮しているのはあいつだ。斥候が報告した、女言葉を使う長髪の男。

指揮だけじゃない。陣頭で大暴れしてやがる。

俺たちは最初、あの男を三人がかりで殺そうとした。間近からクロスボウまで撃った。

だけど一発も当たらなかった。

俺たちの攻撃は完全に見切られ、逆に凄《すさ》まじい勢いで反撃をくらった。恐ろしいほどの手練《てだ》れだ。

間違いなく南テザリア屈指の達人。北テザリアにもあんな使い手はほとんどいなかった。

見た目は変てこな野郎だが、おそらく名のある騎士か剣術師範だ。

せめてあいつだけでも殺してやるぞ。

「うおあああぁっ！」

俺はマントを広げて突進しつつ、マントの陰から猛毒のナイフを突き刺してやることにする。道連れになるがいい。

＊　＊　＊

私はマント越しに刺突を試みた敵を斬り捨てる。

「邪魔よ」

視界を封じて攻撃する戦法は、この私には通用しない。『殺意の赤』で全部お見通しだ。

「そ……そんなバカな……」

最後の暗殺者が唸《うな》りながら崩れ落ち、ようやく辺りが静かになった。この連中、暗殺者の割に騒々しい気がする。無駄なおしゃべりが多い。

念の為、『殺意の赤』の術で他にも敵がいないか確認しておこう。この術を過信するのは危険だが、周囲に敵の反応はなさそうだ。

甲冑《かっちゅう》姿のリュナンが軍馬で駆けてくる。

「兄上！　神殿の内外には刺客らしき者は一人もおりません！　というか神官たちもいません！　今ここにいるのは当家の手勢だけです！」

「妙ね」

神官たちは逃げたのだろうか。それにしては法具や金品がそのままだ。

それよりも問題はリン王女の居場所だ。

もし誘拐されたのなら厄介だ。魔女の秘術を使えば追跡できるが、見つけるまでに殺されてしまう可能性がある。

でも何となく、あの子ならうまく隠れている気がする。

ちょっと呼んでみよう。

「殿下！　刺客は全員討ち取ったわ！　ここにいるのは全て、殿下をお守りするための兵よ！」

さて、殿下はどこにおわすのかしらね。あの祭具倉庫なんか怪しい気がするけど。

私がそう思って近づいたとき、祭具倉庫の扉が開いた。

＊　＊　＊

【長い夜の終わり】


私は驚愕《きょうがく》と決意を秘めて、なるべくゆっくり扉を開いた。できるだけ厳かに。

ノイエ殿は約束通り、暗殺者たちを打ち倒してくれた！

本当にこんな人がいるんだ！

ノイエ殿が腹の底で何を考えているのか、本当のところはわからない。私を利用したいだけなのかもしれない。

でもいいじゃないか。こんな豪傑にならら利用されるのも楽しそうだ。それに彼に助けてもらわなければ、どうせこの命は今夜潰《つい》えていた。

だからまずは彼の示した武勇と誠実さに報いたい。

兵士たちの掲げる松明《たいまつ》の光に目を細めながら、私はゆっくり進み出る。私を救出する為《ため》に、これだけの兵を用立ててくれたのだ。この規模、農村の代官が自前で持っている兵力ではないと思う。

きっと近隣の村々からも借りたのだろう。

だとすれば、ここで醜態を晒《さら》してノイエ殿の面子《メンツ》を潰《つぶ》す訳にはいかなかった。

私が口を開く前に、ノイエ殿が振り向く。

「殿下！　皆の者、この御方がリン王女殿下よ！　剣を納めて膝《ひざ》をつきなさい！　槍と弓は背中に隠して！」

一同が膝をつき、ノイエ殿も同じように膝をつく。

さあ、ここからが王女の仕事だぞ。私は気を引き締める。できるだけ王女っぽくしないと、ノイエ殿に恥をかかせてしまう。

「ノイエ殿、面を上げなさい。あなたは私の命の恩人、そのような作法は必要ありません」

どうかな？　これで合ってるかな？　姫っぽい振る舞いはあまり得意ではないので、少し不安だ。

ノイエ殿は全身に返り血を浴び、剣は鞘《さや》に納めずに背中に隠していた。警戒しているのかと思ったが、理由がすぐにわかった。

激しい戦闘で刀身が曲がり、鞘に納まらないのだ。どれだけ打ち合ったのだろう。指揮官なのに獅子奮迅《ししふんじん》の荒武者ぶりだ。

思わず声がかすれる。

「けがは……けがはないか、ノイエ殿？　それは全部、返り血だろうな？」

するとノイエ殿がフッとおかしそうに笑った。

「ええ。もちろんよ、殿下」

「よかった……」

私が手を差し伸べると、ノイエ殿はその手に触れるか触れないか程度に手を伸ばし、スッと軽やかに立ち上がった。所作のひとつひとつが美しく、見ているだけでほれぼれする。

「殿下、神殿内に賊の侵入を許してごめんなさいね」

「構わない。こうして生きていられるのは、ノイエ殿のおかげだ」

そう言って周囲を見回したが、よくよく見ると神官たちの姿が見えない。

「神官たちはどうした？　まさか賊に……」

するとノイエ殿は首を横に振った。

「神殿長から祭司見習いまで全員、綺麗《きれい》さっぱり姿が消えていたわ。事情はわからないけど、殿下を見捨てて逃げ出したのかしらね？」

「よい。賊が押し入ってきたのだ、逃げるのが筋であろう」

密《ひそ》かに家族のように思っていただけにショックだったが、私は苦笑してみせる。

「寛大なお言葉ね、殿下」

「ははは……」

乾いた笑いしか出ない。

どうやら今の私には、味方と呼べる者がノイエ殿しかいないようだ。

しかし今日会ったばかりのこの味方は、私の心から不安や恐怖を綺麗さっぱり吹き飛ばしてしまう。

だってかっこいいんだもの！　信じられない！

男なのか女なのかよくわからないのが逆に神秘的な魅力を感じる。

騎士物語から抜け出してきたような不思議な人だ。

私はこれから何が起きるのかを少し期待しながら、ノイエ殿に告げた。

「ええと……ベナン村代官、ノイエ・カルファード」

「はい、リン王女殿下」

ノイエが腰を屈め、恭しく一礼する。

私は庶子の王女だが、それでも王室の一員だ。貴族の忠誠に報いる義務がある。

……あるんだけど、何もあげられない。

「あなたは何の見返りも求めず、命を懸けて凶賊たちと戦ってくれました。あなたはテザリア貴族の鑑《かがみ》、真の騎士です。私が今こうして生きていられるのも、あなたのおかげです。ありがとうございます」

私は国王の子なのに、何の権限も持っていない。爵位も領地も特権も恩給もあげられない。それどころか名誉ひとつ与えられない。

今の私には、お礼の言葉を述べるのが精一杯。情けない話だ。

それなのに、ノイエ殿は笑顔でそれを受け取ってくれた。

「ありがとうございます、殿下。過分なお褒めのお言葉、きっと当家末代までの語りぐさとなりましょう。今後ますますの忠誠をお約束いたしますわ」

その瞬間、集まっていた人たちが歓声をあげる。すごい喜び方だ。どうやら王女としての役割は果たせたらしい。

よかった、ノイエ殿に恥をかかせずに済んだぞ……。ホッとしたら足下がふらついてきた。

ノイエ殿がサッと私を抱き留め、心配そうに私を見つめる。

「大丈夫、殿下？」

「ははは……安心したら力が抜けた」

「かわいそうに、怖かったでしょう？　もう大丈夫よ」

微妙に勘違いして私の手をぎゅっと握ってくれるノイエ殿。頼もしくて、とても温かい手だった。

今はこの手に何も握らせてあげられない。

でもねノイエ殿、いつかきっとすごいものをあげるから。

＊　＊　＊

私はすぐに兵をまとめ、カルファード家の城館にリン王女を連れていくことにした。ベナン村の私の屋敷では守りようがない。あそこはただの民家だ。

「殿下、私の馬にどうぞ。昼間みたいにね」

リン王女を私の前に乗せ、私が手綱《たづな》を握る。

暗殺者が王女を狙《ねら》う場合、これで私も攻撃対象に入りやすくなった。私に対する敵意なら『殺意の赤』に反応する。

魔女の秘術はどれも自衛しかできないので、誰かを守ろうと思ったら巻き添えにされるのが一番都合がいい。

しかし私も立派な男なので、さすがにリン王女も照れくさそうにしている。

「ノイエ殿と一緒なら安心だけど、まだ少し気恥ずかしさがあるな……」

「ごめんなさいね。一番確実に殿下をお守りできるのが、この方法だから」

すると徒歩で随伴している郷士たちが、笑顔で口々にこう言う。

「若様は凄腕《すごうで》の剣士ですから、お姫様も安心なさってください」

「そうそう、剣気を読む達人なんですよ」

「カルファード家にお仕えする郷士の誰《だれ》も、若様には勝てませんからね」

「さっきも刺客たちをばっさばっさ斬り捨てて、そりゃもう強かったんですから」

テザリアの剣術はスポーツではなく実践的な戦闘技術だから、稽古《けいこ》でも相手を殺すつもりで打ちかかる。

そうなると自然に殺気がほとばしるので、私の目には攻撃の瞬間や剣の軌道が全部読める。

だからみんな、私のことを「剣気を読む達人」だと勘違いしている。実際は魔女の秘術でズルをしているだけだ。とはいえ、この術は解除ができない。一生このままだ。

私は軽く肩をすくめて、苦笑してみせた。

「剣の道は奥深いわ。私なんかまだまだだよ」

「はは、若様は謙虚だ」

「嫌いになれねえよな、見た目はあんなんだけど」

私は額を押さえる。

「あのね……」

身分の差があるのに言いたい放題言ってくれるが、日本と違ってこちらの世界では割とあけすけに物を言う人が多いようだ。

郷士たちは部下だが、一緒に仕事をする大事な仲間でもある。いちいち気にしてもしょうがない。

「まあいいわ。本家の城館に着いたら、郷士隊は撤収していいわ。ベナンの郷士隊は警戒態勢を維持。翌朝から人手を集めて、神殿近隣の森を捜索しなさい」

ろう。

「はい、若様」

それにしても、神官たちが全員綺麗にいなくなってるのがどうも引っかかる。どこに消えたのだろう。

そんなことを考えているうちに、無事にカルファード家の城館に着く。

カルファード家の城館は、支配する四村の中央に位置している。小高い丘にそびえる石造りの三階建てで、大人の背丈ほどの石壁も備えていた。付近の街道を見下ろし、軍勢の接近にもいち早く気づくことができるだろう。

ただし防衛拠点としての軍事的な機能はない。

盗賊ぐらいなら何とかなるが、本格的な軍勢には無力だ。日本の武家屋敷みたいなものだから仕方がない。城持ちの裕福な領主とは違う。

リン王女を父に会わせると、案の定とても驚かれた。

「こちらの御婦人がリン王女殿下だと!? 噂《うわさ》には聞いていたが、まさかこんな近くにお住まいだったとは……」

慌てて王女に向き直り、膝をつく父。

「大変失礼いたしました。私がカルファード家の当主、ディグリフ・アルツ・カルファードにございます」

ミドルネームは当主の証《あかし》であり、アルツ郡四村の支配を認められている証でもある。

「『三つ名』の領主に過ぎませんが、私もテザリア貴族。王室には絶対の忠誠を誓っております。

なにとぞ御安心ください」

偉い人ほど名前が長くなるのがテザリアの風習だ。我がカルファード家は最下級の貴族なので、当主でも名前が三つしかない。

政治に関与できるような名門貴族になると、当主は「六つ名」ぐらいになる。「三つ名」はそういう上級貴族の末席クラス、分家の子供などと同格だ。大したことはない。

私は小さく咳払《せきばら》いをする。

「父上、父上」

「なんだ、ノイエよ。殿下の御前だぞ」

「その殿下なんだけど、『二つ名』なのよ……。あまりそこに触れない方がいいわ」

またびっくりする父。国王の実子なら「五つ名」以上が当たり前だ。

リン王女に何か複雑な「家庭の事情」があると気づいたらしく、さすがの父も絶句する。王室の「家庭の事情」は一般家庭とは重みが違う。高度に政治的な案件だ。

「な、なんという……」

ぐっと表情を引き締め、父は恭しく頭《こうべ》を垂れる。小刻みに肩が震えているが、あれは演技などではなさそうだ。

「このような辺境におわすことを考えれば、殿下がどのような境遇であらせられるかはこのディグリフにもわかります。ですが、当家は殿下を国王陛下同様に敬います」

リン王女はその言葉を聞いて、じーんと感動したようだ。父に歩み寄り、その手を握る。

「ディグリフ殿、まことにかたじけない。ノイエ殿といい、カルファード家には生涯返せぬ借りができた。今の私には何も報いる力がないが、いつか必ずこの忠誠に報いると約束する」

「おお……」

私たちのようなド田舎《いなか》の貴族にとって、王族は前世のハリウッドスターより遠い存在だ。その王族に手を握られ、感謝の言葉を与えられたとなれば、これはもうカルファード家の歴史に残る逸話になる。近隣領主との力関係にも影響するだろう。

父から兵を借りた手前、これぐらいの成果は出さないと申し訳ない。これで少し安堵《あんど》した。

「父上、リン殿下に城館での滞在を御許可願えるかしら？」

「無論だとも。殿下さえ差し支えなければ、十年でも二十年でも逗留《とうりゅう》して頂く。王族の保護は貴族の義務だからな」

とかなんとか言ってリン王女をうまいこと利用するつもりだろう。単なる同情だけでそこまで肩入れはしないはずだ。

こんな辺境ではリン王女はとてつもない政治的価値を持っている。だからこそ命を狙われたのだ。

「では殿下に専属の侍女と、優秀な護衛をお願い。もちろん居室も」

「待て待て、当家の若い者には侍女は務まるまい。ユイに侍女を頼もう」

ユイはリュナンの妹で、私の異母妹になる。ユイも立派な貴族だ。貴人の世話は、同じ貴人にしかできない。父は本気だ。

しかしここからが予想外だった。

「護衛は……うむ、とりあえずお前がやりなさい」

「私ですか？」

「カルファード領随一の剣士といえば、やはりお前だろう。剣筋にはまだ甘さがあるが、とにかく剣気に敏《さと》い。護衛にはうってつけだ」

だからそれ、魔女の秘術なんだけど……。母が魔女だったことは、実は父にも秘密だ。しょうがない。私はもともと本家の城館の住人ではないが、護衛を務めるならずっとここにいられる。父の気配りだと受け取っておこう。

「父上の御期待に背かぬよう、精励いたしますわ」

「うむうむ」

力強くうなずく父だった。


リン王女を城館の最上階にある一室に案内すると、異母妹のユイが待っていた。

「ノイエお兄様、こちらが王女殿下なの？」

「そうよ。失礼のないようにね」

私はリン王女が心配しないよう、にっこり笑ってみせる。

「こちらは私の異母妹、ユイ・カルファードよ。まだ十四歳で成人前だけど、礼儀作法と気配りはきちんとしているから安心してね。私とリュナンの自慢の妹よ」

「えへへ」

私は異母妹のユイも、リュナンと同じぐらいとても大事にしている。

なんせ私はユイのおむつを毎日換えてあげていた。この世界は育児にあまり熱心ではなく、小領主の子供といっても現代人感覚では「早く何とかしろよ……」と思うレベルの保育しか受けていない。

見かねて世話しているうちに、なんだか懐かれてしまった。

よちよち歩きながら「おっきいおにーたま、だーいすき」なんて微笑《ほほえ》まれたら、情が湧《わ》かない方がどうかしているだろう。リュナンもそうだったけど、二～三歳頃の可愛《かわい》さは格別だった。……まあ、お世話やしつけの大変さも格別だったけど。

ほとんど母親代わりになって接してきたので、この弟妹《きょうだい》は私を母親のように慕ってくれている。これでも私、男なんだけどな。

だから私は自信を持って、自慢の妹の肩に手を置いた。

「この子もリュナンも心から信頼できる大事な家族よ。だから殿下も、何も心配せずに頼りにしてね」

するとリン王女は一瞬、とても羨《うらや》ましそうな目で私を見つめた。

「心から信頼できる……大事な家族か。いいな」

「……そうね。ごめんなさい、自慢の仕方が悪かったわ」

私は悪いことを言ってしまったと後悔し、とりあえずユイをリン王女に押しつけた。

「歳《とし》も近いし、仲良くしてあげてね」

時計《とけい》がないからわからないが、今夜はもう遅い。リン王女を休ませてあげないと。

私は部屋を退出し、廊下に敷物を敷いて座る。少し寒いが、毛布を多めに持ってきたので大丈夫だろう。

私は魔除《まよ》けのまじないを周辺に展開すると、うとうと眠り始めた。

＊　＊　＊

【安らぎのひととき】


私は暖炉の前の椅子に腰掛け、背もたれに体を預ける。パチパチとはぜる薪《まき》の音を聞いていると、ようやく生きている実感が湧いてきた。

「こちらにお飲物を置いておきますね」

ノイエ殿の異母妹の……ユイがそう言ったので、私は礼を言う。

「かたじけない、ユイ殿」

すると私と同年代の少女は、おかしそうに笑った。

「王女殿下は、殿方のような言葉遣いをされるんですね……。あっ、失礼いたしました」

「いや、気にしないでくれ。その通りなんだ」

私は手を振る。

「私の母方の祖父は小領主だったが、私に期待をかけてくれていたんだ。私が女王になるかもしれないなどと途方もない野望を抱いて、私をしっかり養育してくれたんだよ。その結果がこれだ」

庶子の女児なのに、まるで王子のような振る舞いだ。不釣り合いな自分の在り方に、つい苦笑してしまう。

「おかげで女の子らしい遊びや心得には、とんと疎《うと》くてな。ユイ殿が羨ましい。君はとても可憐《かれん》だ。

「憧れてしまうよ」

正直な気持ちを伝えたら、みるみるうちにユイが真《ま》っ赤《か》になってしまった。

あれ？　何かまずいことを言っただろうか。

「いっ、いえっ！　私なんか本当に、兄たちに助けられてばかりのダメな子で……」

「それは私も同じだ。ノイエ殿に助けられて、ようやく今夜の命を繋《つな》いだのだからな」

そういえば、ノイエ殿のことはいろいろ気になっている。

「ノイエ殿は私と正反対で、男なのに女のような出で立ちだな。母君の影響と聞いたが……いや、
ユイ殿とは母親が違うのだったな」

「……私の母は産褥《さんじょく》で亡くなりましたから、私の母親代わりをしてくれたのはノイエお兄様です」

しまった。私のバカバカ。

「すまない。私の母も病で世を去っているが、女には生きづらい世だな」

「あ、そうなんですか……」

ユイは私に親近感を抱いてくれたようだ。

「ノイエお兄様の母君は、お父様の恋人だったと聞いております。でも急にいなくなってしまって、
お父様は大変悲しんだとか。あ、当時はお父様はまだ独身でした」

「ほほう」

なんか興味出てきた。

「それで？」

「八方手を尽くして何年も探し続けて、ようやく所在を突き止めたときには亡くなっていたそうで

す。すぐにノイエお兄様を引き取ったのですが、庶子では家を継げませんから」

それで新しく妻を娶《めと》ったということかな。

貴族の当主にはよくある話だ。家門を維持する義務がある。

「私たちの母はそんなお父様と結婚し、ノイエお兄様をリュナンお兄様と同じように可愛がっていたと聞いています。でも私を産んで……」

「お気の毒に……」

貴族でも出産は命がけだ。同じような話はよく聞く。

「あ、でも大丈夫です。ノイエお兄様が私たちの面倒を見てくれましたし、勉強もたくさん教えてくれました。だから寂しいと思ったことはありません。……あくまでも私は、ですけど」

「リュナン殿は違うのか？」

他家の事情に踏み込むのは良くないと思ったけど、やっぱりこういう話は聞き出すと止まらない。

ユイは苦笑した。

「リュナンお兄様は母上のことを覚えてますから。今のリュナンお兄様は、ノイエお兄様に母上の面影を求めているみたいです」

「母上の面影って……。ユイ殿の母上とノイエ殿は血縁じゃないよな？」

「はい」

屈折しまくった愛情を見てしまった。ノイエ殿は大変だな……。

でもおかげで、ノイエ殿が信頼できる人物だという確信が深まった。

「ありがとう、ユイ殿。いろいろ聞いてしまって申し訳ない。ノイエ殿のことはノイエ殿に直接聞くべきだったな」

「あっ、いいえ。自慢の兄ですから。ノイエお兄様の話なら一晩中でもしたいぐらいです」

今のもしかしてお兄ちゃん自慢だったのか？　にこにこ笑っているユイを見て、微《かす》かな恐怖を感じる私だった。

この兄妹《きょうだい》、やっぱり何かおかしい。

暗殺者たちとの死闘があった翌朝。幸いにも襲撃はなく、街道にも不穏な動きはない。本格的な軍勢が来たらカルファード家の兵力では守りきれないが、とりあえずは安心のようだ。

リン王女を囲んでみんなで慎ましい朝食を楽しんでいると、ベナン村の郷士が報告に現れた。

「若様、森の中に神官たちの死体がありました。全員後ろ手に縛られていましたので、殺害で間違いありません」

「……そう。気の毒にね」

神殿の中に暗殺隊がいたのに、外の森にあんなまとまった人数の暗殺者がいたのは不自然だ。他の任務があったと見るべきだろう。

それがおそらく「神官たちの始末」だ。

リン王女の話によると、昨日《きのう》は食材のハーブを摘みに外に出たという。それも副神殿長に頼まれたそうだ。

普段は決して外に出させてくれない彼らが、昨日に限ってリン王女の外出を許可した。いや、外出を依頼した。

そして外には刺客の集団。

神官たちが暗殺計画に一枚噛《か》んでいたとしか思えない。

私はより詳しい報告を求める。

「殺され方を教えてくれる？」

「はい。神殿長と副神殿長、それに神官長の三役は首を落とされていました。首は見つかっていませんので、体格と法衣《ほうえ》で判断しただけですが」

死者の脳は『死体占い』で使う。私が魔女の秘術を使うことは誰《だれ》にも知られていないはずだが、同様のテクノロジーがこの世界に存在する可能性はある。

首を持ち去ったのも、超自然的な探知技術に対する隠蔽《いんぺい》工作だろう。

「平神官たちは？」

「全員かどうかはわかりませんが、八人分の死体を見つけました。こちらは首はそのまま、喉笛《のどぶえ》だけを掻《か》き切られています」

「そう……」

重要な情報は持っていないが、「ついでに始末された」というところか。気の毒に。

「ベナン村とは対立していたけれど、死者を粗末に扱うのは私の流儀に反するわ。これから検分するから、その後で丁重に弔いなさい」

「承知いたしました。あ、骸《むくろ》といえば暗殺者の方はどうします？」

「そっちも私が検分するわ」

暗殺者の持ち物から、何かわかるかもしれない。

そう期待してベナン村に戻った私だったが、暗殺者たちの所持品はあまり役に立たなかった。

「壮観ねえ」

神殿で討ち取った暗殺者は十二人。森で討ち取った暗殺者が十一人。合計二十三人。これに前日の昼に斬った暗殺者が二人で、二十五人もの暗殺者が死体になっていた。

よくもまあこれだけ雇ったものだ。最初から力押しで攻め込まれていたら、リン王女は助からなかっただろう。

「所持品に紋章や名前はなかったのよね？」

「はい、若様。素性がわかりそうなものは何もありませんでした」

どの死体からも、身元がわかるような所持品は見つからなかった。どこにでもありそうなナイフや、熊狩りの猟師が使う矢毒。ありふれた道具ばかりだ。

「身元の隠蔽だけは徹底してるわね。でも隠せてないものがあるわ」

それは死体の体格。

「ガキの頃《ころ》からいいもん食ってる体ね、これは」

暗殺者たちの多くは、高身長で筋肉質だった。幼少期から栄養状態が良く、鍛錬もしている。つまり貴族階級の戦士たちだ。

だが体には古い刀傷がほとんどない。実戦経験は少ないようだ。体の古傷はほぼ全《すべ》てが打撲傷だった。たぶん木剣での稽古《けいこ》しかしていないのだろう。

そして彼らは整備された里山と原生林の区別がついていなかった。それに彼らの野営地は場所選びが下手《へた》すぎる。

ということを考えると、こいつらはお偉いさんの護衛あたりだろうか。だとすれば間抜けな最期だ。

違う主君に仕えていれば、こんなところで不名誉な暗殺者として死なずに済んだだろう。

「こんな死に方して親が泣くわよ。……埋葬してあげなさい」

私は死体に小さく手を合わせると、やりきれない気分でその場を後にした。

命の価値が軽い世界とはいえ、昨日から人が死にすぎている。

せめてこちら側の死者だけでも減らさないと。

カルファード城館に戻ると、異母妹のユイがリン王女を追いかけていた。

「殿下、湯浴《ゆあ》みしましょう！　お手伝い致します」

「けけ、結構だ！　湯浴みなど贅沢《ぜいたく》すぎる！」

胸元をしっかり押さえながら、逃げ回るリン王女。

そこにリュナンがひょっこり顔を出し、妹に加勢する。

「さすがに湯浴みは毎日という訳にはいきませんが、カルファード家では毎日清拭《せいしき》をします。兄上もそうしているんですよ。ですから殿下、どうかお気になさらずに」

私の前世では毎日風呂《ふろ》に入って髪を洗うのが当たり前だったから、今もなるべく清潔にしている。そのうちに弟たちが真似《まね》するようになり、父も真似するようになった。おかげでみんな清潔だ。

だがリン王女にとっては、ちょっと潔癖すぎるように思えるのだろう。衛生観念がない時代だし、この世界の人々は自他の体臭に寛容だ。

だから逃げる。

「いやっ、さすがに心の準備が……」

右からリュナン、左からユイに追い詰められ、リン王女は私に助けを求めてくる。

「ノ、ノイエ殿！　なんか言ってやってくれ！」

「そうね」

私はリン王女の姿をしげしげと観察して、それからこう言った。

「昨日あのまま寝たから、顔が埃《ほこり》だらけよ。綺麗《きれい》になさい」

「なっ……!?」

すかさずユイが笑顔で迫る。

「さあ殿下、脱ぎ脱ぎしましょうね」

「ぬぎぬぎ!?　ノイエ殿、助けて！」

リン王女がすがりついてきたが、何をどう助ければいいのだろう。

「知らないわよ。私は男だから席を外すわね」

「待って！　行かないで！」

その後、彼女がユイの手で念入りにピカピカにされたのは言うまでもない。


私はその間、当家の主《あるじ》である父に報告をしていた。

「今回の暗殺未遂事件、かなり複雑な裏事情があるみたい」

「そのようだな。さて息子よ、どうするかね？」

父は机に肘《ひじ》をついて手を組み、フッと微笑《ほほえ》む。

「かつて私が六年もの間、イザナの……お前の母の行方《ゆくえ》を探していたのは、何もイザナへの愛だけではない。打算もある」

「それは初耳ですわ、父上」

打算とは縁遠い人に見えるが、意外としたたかなのが我が父だ。

父は微笑んだまま、妙なことを言い始めた。

「イザナは平民だったが、とても聡明《そうめい》な女性だった。彼女が育てた子なら必ずや当家を繁栄させてくれるとな」

「でもその直後にリュナンが生まれたから、父上の苦労も無駄だったわね」

父は苦笑する。

「後継者の問題でお前を探していた訳ではないよ」

父は独身を貫くつもりだったが、さすがに祖父たちが許さなかったらしい。後継者が庶子だけでは領地の相続を認められず、領地を没収される可能性があったからだ。

「どのみち家督はリュナンが継ぐ以外あるまい。だが領地の経営手腕を見れば、やはりお前がいてくれないと困る」

父は穏やかにそう言う。

「リュナンは良い子だが、まだ経験不足だ。それに素直すぎる。あれではいかん。領主という重責を乗りこなすには善の手綱《たづな》だけでなく、悪の拍車が必要だ」

「私にはその、『悪の拍車』があると？」

「そう信じるからこそ、お前の好きにやらせているのだ。溺愛《できあい》や放任ではないぞ」

前世で社会人を経験しているし、今世でも放浪生活を経験した。だからリュナンには想像もつかない苦労を何度も味わっている。

私は苦笑するしかない。

「過分な御期待、少々重荷ですわ。お応《こた》えできるといいけど」

「なに、もう十分にお前はよくやってくれている。このままリュナンを支えてやってくれ。実質的には、私の次はお前の代だ」

私がリュナンたち異母弟妹《きょうだい》を追い出すとか、そういう心配は一切していないらしい。

ここまで信頼されてしまうと、私もがんばろうと思えてくる。

「お言葉、胸に刻みましょう。ところで父上」

「何かな」

「都の様子を知りたいのだけど、何か良い伝手《つて》はないかしら？」

おそらく王都では王位継承に関するゴタゴタが起きているはずだ。そうでなかったら戦略を早急に見直す必要がある。

すると父はニッと笑った。

「イザナを捜索したときに、いろいろと人脈を作ってな。今でも七割がた使えるから、それで調べてみよう。既に人は送ってある」

こういう頼もしさもあるので、私は父を尊敬している。

「ありがとう、父上。さすがは現当主ね」

「ふふふ、もっと誉《ほ》めても構わんよ？」

息子に誉められたのがよっぽど嬉《うれ》しかったのか、父は上機嫌だった。

それから私はサノー神殿の後片付けに専念した。私はベナン村の代官だから、隣接する荘園を放置もできない。

リン王女とリュナンを連れて、あちこち飛び回る。

「神官は全員殺害されているようだから、この神殿は当面は機能しないわ。となると、この荘園も誰《だれ》のものでもないわよねえ」

「兄上は本当に悪辣《あくらつ》ですね！」

傍らのリュナンが目を輝かせている。誉めてるのかな、それ。

うーん……。弟には綺麗な心のままでいて欲しいけど、次期領主としては確かに不安だ。父の言う「悪の拍車」とやらを少し教えておくか。

「荘園の小作人を集めるわ」

私はサノー神殿に雇われていた小作人たちを全員集めさせた。彼らは農地のあちこちに粗末な家を建てて住んでおり、昨夜の襲撃では難を逃れた。

不安そうな顔をしている小作人たちに、私はたっぷり脅しをかける。

「サノー神殿の神官たちが皆殺しにされて、今のあなたたちは誰からの庇護《ひご》も受けられない状態よ。後任の神官が来るという話も聞いていないわ」

これは嘘《うそ》ではない。神殿の人事など、清従教団の神官にしかわからないからだ。だから私は何も聞いていない。当たり前だろう。

しかし小作人たちはもちろん、そういう風には解釈しなかった。

「じゃ、じゃあわしらは見捨てられたんですか……？」

「お代官様、俺たちはどうなるんだ？」

私はそっけなく肩をすくめてみせる。

「さあね。ベナン村の住人はカルファード家が全力で守るけど……。あんたたちはベナン村の住人じゃないし」

こんな辺境では他国の軍勢がいきなり攻めてくることもあるし、盗賊団が襲撃をかけてくることもある。熊や狼《おおかみ》だって怖い。疫病も起きる。

そういうときに権力と武力による庇護がないと、待っているのは悲惨な末路だ。

小作人たちはそれをよく理解している。彼らの多くは訳ありの農民で、教団に救済された流民や逃亡者だ。庇護を失う恐怖は骨身に染みついている。

だから後は簡単だった。

「お代官様！　どうかお慈悲を！」

「わしらをベナン村の住人にしてください！」

心配しなくても見捨てたりしない。私だって元は流民だ。

だがここでもう一芝居しておく。すがりついてくる小作人たちに、私はわざと悩むそぶりを見せた。

「それはいいけど、ベナン村にはもう空いてる農地はないわよ？　生活はどうするの？」

するとは彼らは互いに目配せし、何やら無言で相談している。

最後に小作人たちの顔役が一同を代表して進み出る。密造酒を造って喜んでいた、あの老人だ。

彼は厳かといってもいい表情で、背後の畑を示す。

「ここにある『ベナン村の畑』を耕して、カルファード家に税を納めます」

彼が指さしたのは荘園の農地だ。

つまり小作人たちはベナン村への帰属と引き替えに、荘園の土地を不法に収奪したことになる。

清従教団が知ったら逆上するだろうが、それは教団と小作人たちの問題だ。苦情が出てもカルファード家は建前を貫き、知らぬ存ぜぬで押し切る。

前世なら信じられないような暴挙だが、この世界だと辺境では割とやりたい放題だ。教団側に同じようなことをされた経験もある。

だから私も厳かにうなずく。

「それは良い考えね」

ただ、今のままでは彼らがいずれまた清従教団につく可能性があった。サノー神殿に新しい神官たちが来れば、今裏切ったように小作人はまた裏切るだろう。

だからそれを封じる為《ため》に、私はひとつの条件を出す。

「ところでサノー神殿は失火で焼失したのよね？」

「え？」

小作人たちの顔に戸惑いが広がるが、私は笑顔で重ねて言った。

「サノー神殿は燃え落ちた。何があったかは誰も知らない。神官たちは全員行方不明だし、耕作地を記録した台帳も焼失したわ。あんたたちは元々ベナン村の村人だから、詳しい事情は何も知らない。そうよね？」

我ながらえげつない脅迫をしていると思う。なんせ神殿を焼き払うのは寺や神社を焼き払うのと同じだ。教団にバレたら破門宣告と死刑の合わせ技で地獄に直行することになる。

完全にびびりまくっている小作人たちを安心させるため、私は力強く約束した。

「ベナン村の代官は、ベナンの村人を絶対に見捨てないわ。税も他の村人と同じ。荘園よりずっと軽いはずよ」

「おお⁉」

隣接する農民同士でありながら、小作人とベナン村の農民とでは待遇にかなりの差がある。ベナン村の者たちの方が圧倒的に豊かな暮らしをしていた。

驚いている小作人たちに、私はさらに踏み込んだ条件を提示する。

「余った作物は自由に売り払ってもいいし、市や祭りでもベナン村の者として平等に扱うと約束するわ。結婚も自由。子供を街の職人や商人に弟子入りさせてもいいし、なんならカルファード家に奉公させてもいいのよ」

「それは……それは本当ですか⁉」

教団のしもべとして死ぬまで酷使される運命だった彼らにとって、この待遇は破格と言ってもいい。

小作人たちがざわめく。

「ねえ聞いた⁉　私たち結婚できるのよ！　もう神殿長に頼み込まなくてもいいの！」

「うちの子を職人にしてやれるのか⁉」

「代官様、私の娘をぜひお屋敷の侍女に！」

よし、完全に食いついた。

この荘園、もらったぞ。

私は天使のようにみんなに微笑《ほほえ》みかけ、それから悪魔のような取引をもちかける。

「これは好機よ。それもおそらく、たった一度きりの。さあ、どうするの？」

小作人たちはもう迷わなかった。

「神殿を焼きます」

その言葉が聞きたかった。

私はうなずき、剣を抜いて捧《ささ》げ持《も》った。正式な儀礼ではないが、テザリアの騎士物語で主人公がよくやるやつだ。

「あんたたちの覚悟、当家の名誉にかけて必ず報いるわ」

顔役の老人が膝《ひざ》をついて私を拝む。他の小作人たちもそれに従った。

「おお、代官様……ありがとうございます。私たちは生涯、カルファード家に忠誠を誓います」

「ありがとう」

私は膝をついて老人のしわだらけの手を握り、にっこり笑いかける。

「ベナン村にようこそ。あ、くれぐれも裏手の墓地には被害を出さないようにね。リン殿下の母上の墓があるから」

こうして私たちは、村の隣にあった荘園をごっそりいただいた。今年の税収は例年の倍ぐらいになるだろう。ベナン村の農地台帳も書き換えておく。

そして業火に包まれ、焼け落ちる神殿。

「おー、燃えてるわねえ」

松永久秀《まつながひさひで》もこんな気分だったんだろうか。

私は清従教なんか信仰してないし、別に心も痛まない。農業用水やら放牧地やらで年中喧嘩《けんか》していた相手だ。不謹慎だが燃えてくれて嬉しい。二度と来るな。

「ノイエ殿はやることがいつもメチャクチャだな」

リン王女が呆《あき》れた顔をしていた。ちょっと顔が引きつっているのは、住み慣れた神殿を燃やされているからだろうか。それとも神罰が怖いのか。

「サノー神殿の連中よりはマシでしょ。王女殿下の暗殺に関わってたみたいだし、相応の報いは受けてもらわないとね」

教団には何の罪悪感も抱いていないが、リン王女への配慮は欠かせない。

「でも本当に住居まで燃やしてよかったの？　そっちは置いといてもよかったのよ？」

「いやあ、住居だけ焼け残ってたら変だろう？　それに母上との思い出の品や、私の家財道具は全部運び出したから問題ない。どうせ仮住まいだったしな」

そう言ってみせるリン王女だが、さすがにちょっと寂しそうだ。仮住まいとはいえ、母が亡くなるまで一緒に暮らした場所だ。思い出は多いだろう。

「……いいんだ」

不意にリン王女がぽつりと言う。

「何が？」

「ここが残っていたら、私はここから動けない。でも私はここにはいられない。そうだろ？」

リン王女の言う通りだった。

暗殺者の集団に襲撃された以上、こんな危険な場所で暮らすことは不可能だ。清従教団もリン王女を守ってくれなかった。

とはいえ、リン王女はまだ子供。住み慣れた神殿から離れたくない。

だから彼女は敢《あ》えて焼き払うことで、未練を断ち切ろうとしているのだろう。

私は彼女の胸中を想《おも》い、そっと肩に手を置く。

「獅子《しし》の心をお持ちなのね、殿下」

「いや、カルファード城館の方が住み心地がいいし、ユイと一緒に寝られるし」

割と気にしない性格のようだ。そういえばこの子、実家を追い出されてここに来たんだった。放浪生活をしていた私と同じで、ここの出身ではない。

リュナンがやや引きつった顔で神殿を眺めながら、こっちに歩いてくる。

「うわ、本当に燃えてる……。兄上、農地台帳はどうなりましたか？」

「ちゃんと『訂正』しておいたわ」

私は改竄《かいざん》した農地台帳を異母弟に預けると、フッと笑った。

「旧荘園からの収益で、傭兵《ようへい》を継続的に雇いましょう。装備と練度と規律がしっかりした、本職の傭兵がいいわ。大した数は雇えないでしょうけど、いないよりはマシだものね」

「兄上、まさか……」

リュナンが不安そうな顔をしたので、私はリン王女を示す。

「サノー神殿に預けられていた王女殿下の護衛を、サノー神殿の収益で雇うのよ。これなら筋は通るでしょ？　私の懐には入れてないわ」

「そう言われてみれば、そんな気もしますけど」

首をひねっているリュナンに、私は笑いかける。

「緊急避難的な措置だし、問題ないわよ」

「でも兄上、その緊急避難的な措置をそのまま恒久化しようとしてますよね？」

聡明《そうめい》な弟だ。これならすぐに、父の望むような悪辣さも身につけられるだろう。

さて、さっそく傭兵を探さないと。これも父に頼もう。


こうして敵襲に怯《おび》えながら二日が過ぎたが、なんせネットも電話もない世界だ。情報の伝達が遅いので、二日ではほとんど何も進展しない。

「なんか間延びした展開ね……」

前世だと数時間で進むような事態でも、こちらの世界では日をまたぐのが普通だ。

そして遠方だと、これがさらに遅くなる。自動車も飛行機もないので、情報だけでなくあらゆるものの移動が極めて遅い。

今のところ、「国王と王太子の仲が険悪になっている」という噂《うわさ》が行商人経由で入ってきた程度だ。

もちろん何日も前の情報なので、現在の状況は不明だった。

「うーん」

やはり廃嫡が起きて、王太子たち嫡流の継承権が失われたのだろうか。だとすれば、リン王女に暗殺者を差し向けてきたことも理解できる。リン王女が嫡子になっている可能性があるからだ。

だがもう少し待たないと詳細な情報は入ってこないだろう。

「ダルいわねえ」

情報が全然届かないので、私は城館の三階で溜息《ためいき》をつく。

あれから敵の襲撃はない。暗殺隊全滅の報告を黒幕がつかんでいるのかどうかも怪しいので、下手《へた》をするとまだ敵側が動き出していない可能性すらあった。

暇なのでリン王女に勉強を教えたりする。

この王女様、神殿では聖句の暗唱ぐらいしか教えてもらっていなかったらしい。それでは困るのだ。

弟たちのときに使った算術の本を開きながら、私はまた溜息をつく。

「都までは早馬を使っても何日もかかるし、やってらんないわよねえ……。あ、そうだ。殿下、五コーグは何アルロかしら？」

「え？　え？」

テザリアの知識階級には九九のような暗記法があるから、まともな教育を受けていれば暗算できるはずだ。

「コーグって何だっけ？」

「一日に歩ける旅程よ」

「ああ、あれか」

テザリアでは約二十キロを旅程の単位にしており、「一コーグ」と呼ぶ。街道では一コーグおきに宿場を整備するのが領主たちの義務だ。

「巡礼の人たちが文句ばっかり言ってたけど、あれってどうなんだ？」

「ゴミみたいな単位よ」

コーグは実に使いにくい単位で、軽装で体力のある旅人なら一日に一コーグ半、つまり三十キロぐらいは歩ける。

だがそれだと宿に着く前に日が暮れてしまうので、だいたいの者は一コーグで我慢することになる。盗賊に襲われたらたまらない。

二コーグ歩けば次の宿に着くが、道中で何か起きたら野宿になってしまう。

これは旅人をなるべくゆっくり歩かせて安全に旅をさせつつ、道中で金を使わせる方策らしい。街道の整備には金がかかる。

一方で軍の伝令などは担当区間の三コーグを一日で移動する義務があり、貴族は庶民よりも早く情報を得られる仕組みになっていた。庶民に噂が広まる前に対策を立てられるので、反乱やデマの拡散を抑止できる。

というような話を、リン王女に聞かせてやった。

「なるほど。テザリア王室ってずる賢いな」

「御先祖様の悪口はよしなさい。まあ同感だけど」

「もう片方の『アルロ』はよく聞くな」

こちらは農民にもなじみが深い。もともとはテザリア式長弓の曲射有効射程で、約百メートルだ。農地の測量にも使うし、軍学の教本にも必ず登場する。

貴族の男子はこの間合いを叩《たた》き込《こ》まれるので、私も目測でほぼ正確に判断できた。

「ええと、アルロの二百倍がコーグだから、五コーグで千倍だな」

「お見事ね。軍を率いるなら、こういう算術は必須《ひっす》よ」

「ふふふ。おじいさまのところにいたときは、結構勉強してたからな」

生まれたときから神殿に預けられていたら、さすがにどうしようもなかっただろう。やはり教育は大事だ。

「じゃあ次の問題ね。この計算を解いてみて」

「うわ、二箱算か……」

前世で言う二次方程式のことだ。軍学の本質は数学なので、高度になればなるほど数式を扱うことになる。と、今世の父が言っていた。

「黒箱が五だから、代入して……白箱は七？」

「はい正解、基礎はできてるわね。じゃあ応用問題を解いてみましょうか」

「ううう」

王女様が唸《うな》りながら問題を解いている間に、私は素早く考えを巡らせる。

馬を乗り換える早馬なら、三日あれば都に着くだろう。まだ三日経《た》っていないので、敵の首謀者が都にいるならまだ動き出していないはずだ。

「自由に動かせる軍勢でもあれば、さっさと上洛《じょうらく》して国王に会うところだけど……」

「郷士隊ではダメなのか？」

問題を解き終わったリン王女が顔を上げる。

私は首を横に振った。

「郷士は村の防衛や徴税とかが任務だから、遠征能力を持たないわ。農民兵にしても農作業があるもの」

「ああ、そうか……。やはり常備兵が必要だな。あ、だから傭兵を雇うのか」

「ええ、その通りよ」

聡明な王女殿下で助かる。

計算は間違ってるけど。

そのとき、リュナンが慌てて入室してきた。

「あ、兄上！　どこかの軍隊がやってきました！　騎兵ばかり、およそ四十！　軍旗を見ても所属がわかりません！」

「敵か⁉」

リン王女がガタッと椅子を蹴《け》って立ち上がるが、私は窓の外をちらりと見て笑う。

「たぶん違うわよ。やっと来たわね」

さて、父の手配した傭兵たちに会ってみるか。

傭兵たちのリーダーは、白髪《しらが》頭の老騎兵だった。

「あんたが雇い主か。俺はベルゲン。ベルゲン騎馬傭兵団、通称『ベルゲン鉄騎団』の団長だ」

古傷だらけの老騎兵は鋭い目つきで私を睨《にら》み、それから勝手に椅子に腰掛ける。

彼の背後には傭兵団の主計長など幹部連中が三名いたが、いずれも白髪頭だ。

「契約条件は何だ？　うちは重騎兵が二十八、軽騎兵が十一。総勢三十九騎だ。馬や鎧《よろい》の管理は各々がしている。雑用係みたいな連中で水増ししてる他の騎馬傭兵団とは全く違う」

「いい傭兵団ね」

「当然だ」

騎兵はとにかく高くつく。訓練と軍馬の維持管理が大変だからだ。

金さえ払えば騎兵が四十騎ほど手に入るとなれば、悪い話ではない。

しかし私は騙《だま》されなかった。ちらりと窓の外を見る。城館の中庭で、騎兵たちが規律を保って休憩していた。

「兜《かぶと》で隠れてるけど、ずいぶん年かさな傭兵団ね」

ベルゲンはチッと舌打ちし、素直に認める。

「まあな。三十代と四十代が大半だ」

「半分ぐらいは四十代に見えるわね。体は衰えてない？」

前世では四十代のプロアスリートも珍しくなかったが、それは現代社会の豊かさと科学のおかげだ。

こちらの世界では食生活が貧しいこともあり、四十代に入ると一気に老け込む。「不惑」より「初老」という言葉がぴったりくる老化の仕方だ。

だから人生五十年。六十まで生きれば大往生という世界だ。

四十代が多い彼らは、前世の感覚ではかなりの老兵になる。

するとベルゲンは仏頂面のまま、小さく鼻を鳴らした。

「無論だ。戦場で後れは取らんよ」

「飛び道具は使える？」

「それなりに扱える者が多いが、二十年前の七割ぐらいだな。皆、目が悪くなった」

正直なのはいいけど不安になる……。

「白兵戦は大丈夫？」

「下馬戦闘だと二十年前の八割ぐらいしか戦えんだろう。足がついていかん」

ダメじゃない。

命をやり取りする戦いでは、勝つか負けるかの二つしかない。八割の力しか持ってないのなら二十年前の自分自身には負けるだろう。

そして、負けるのならゼロと同じだ。金は払えない。

どうしたものかと私は溜息をつき、一番大事なことを聞く。

「だったら騎馬戦闘は？」

するとベルゲンはニヤリと笑う。

「戦えば戦うほど冴《さ》え渡っていくのが騎兵の奥深いところでな。二十年前の二割増しだ。こればかりは戦場で場数を踏まんとわからん」

「ふーん……」

私は腕組みし、それからうなずく。

「老いを素直に認めた上で、それでも騎兵としての強さに自信を持っている訳ね。気に入ったわ」

「この境地、あんたのような若造でもわかるかね？」

「もちろん」

前世分もカウントすれば、私の方が年上だから。

私は当家の家令に合図して、用意しておいた契約書を持ってこさせる。

「雇用期間はひとまず百日。十日前までにどちらかが契約解消を申し出ない限り、そのまま自動延長よ。報酬はそこに書いてある通り」

ベルゲンは金額を見て顔をしかめる。

「安すぎる。帰らせてもらう」

しかし私は腕組みしたまま、くくっと笑う。

「素人芝居《しろうと》はおよしなさいな。悪い条件じゃないと思ってるんでしょう？」

するとベルゲンは私の表情を読み、あっさり認めた。

「ああ。金額はまずまずだが、飯と宿舎がタダで支給されるのは助かる。それに戦傷にも装備の修繕にも補償金がつくってのは上々だ。気分が楽になる」

傭兵《ようへい》には賃金しか払わないのが普通で、負傷や装備の損失が起きても雇用主は知らん顔だ。保障なしの使い捨て。そこに傭兵を雇うメリットがある。

しかしこちらとしては一時雇用の戦力ではなく、長期雇用できる戦力が欲しい。だから長く付き合えるよう、相応の待遇を用意した。

ベルゲンは老眼鏡を掛けて契約書を何度も確かめながら、首をひねっている。

「だがこりゃ傭兵の雇用契約じゃないな。俺たちに何をさせる気だ？」

「私の敵と戦うだけよ」

「ふーむ」

老騎兵は私をじっと見つめる。ベルゲンは無頼を気取っているが、あくまでも営業用だろう。用心深い人物なのは、彼の視線が雄弁に物語っている。

「あんたの身なりや言葉遣いはだいぶ変だが、腹の底もだいぶ変かね？」

どうだろう。では腹の底を明かすとしようか。

「あれこれ詮索《せんさく》しないで引き受けてくれると助かるわ。いざとなったら情け容赦なく使い捨てにするつもりだけど、それまでは大事にするわよ」

するとベルゲンは苦笑いする。心なしかホッとしたように見えた。

「そいつを聞いて安心した。どうやら見た目よりはマシな雇い主のようだ」

それ褒めてるの？

「あんたがこの契約を本当に守ってくれるのなら、相手が何だろうが騎兵突撃してやるさ。ただ、少し確認しておきたいことがある」

「あら、何？」

そう問いかけた瞬間、ベルゲンの眉間《みけん》に『殺意の赤』が反応した。何の前触れも無しに真《ま》っ赤《か》な輝きが見え、私は反射的に身構える。

「ノイエ様⁉」

私の護衛についていたカルファード城館衛士たちが即座に反応した。私をかばうように前に飛び出す。

即座に他の傭兵たちも身構えるが、誰《だれ》も剣は抜かない。抜いた瞬間に殺し合いになるからだ。

「ふーむ」

唸っているベルゲンの眉間にはもう、殺意の赤い輝きは見えない。青い光も見えないから、敵意もないようだ。

そもそも彼は椅子に腰掛けて足を組んだまま、微動だにしていない。腕も組んだままだ。

「あんた……相当な達人だな？」

どうやらこの老傭兵、体を動かさずに殺気を放ったらしい。

剣豪小説や映画ではよく見る光景だが、実際にそれができる人間はまずいない。私もこの秘術をマスターして以来、そんな人間には一度も出会ったことがなかった。

この男、間違いなく達人だ。ぜひ欲しい。

それはそれとして非礼は咎《とが》めておこう。

「どういうつもりかしら？」

私が腕組みして背もたれに体を預けると、衛士たちも警戒を解いた。傭兵たちもそれに続く。

ベルゲンはというと、嬉《うれ》しそうにニヤニヤ笑っていた。まるで悪戯《いたずら》に成功した悪ガキだ。

「あんたが剣気を読むって噂《うわさ》は、どうやら本当らしいな。腕っ節の強い雇い主は嫌いじゃない」

「雇い主を試すような真似《まね》は二度と許さないわよ」

彼は平民、私は貴族だ。カルファード姓を名乗る者の義務として、身分の違いは示しておく必要がある。

ベルゲンは頭を掻《か》き、軽く頭を下げた。

「悪いな。俺もあんたみたいな達人に会うのは初めてで、少し調子に乗ってしまった。もうやらん」

「そうしてね」

出し抜けに殺気を放たれるのは、本当に心臓に悪い。

「だが、あんたの命令なら従う価値がありそうだ。どのようにでも使ってくれ。これからよろしく頼む」

「ありがとう、頼りにさせてもらうわ」

私はベルゲンと握手を交わした。

＊　＊　＊

【老騎兵が震えるとき】


俺たちは部屋を出た。割り当てられた宿舎に向かって部下たちと歩きながら、自分の掌《てのひら》をじっと見下ろした。

まだ掌が少し震えてやがる。こんなのはあの日の戦場以来だ。恐ろしくも懐かしい感覚。

間違いない。あいつは化け物だ。

「ベルゲン、どうした？　様子がおかしいぞ」

もう十数年の付き合いになる主計長が、不思議そうな顔をしている。

「それにさっきのやり取り、ありゃ何だ？」

「剣気を放った。身じろぎひとつせずにな」

「ほう……」

普通なら気づくはずがない。

剣気と呼ばれるものの正体は、視線や筋肉の微細な動きだ。目で見ても捉《とら》えられない程に微《かす》かな動きだが、達人は俊敏な獣のように攻撃を察する。

だがあのとき、俺は全く動いていなかった。そもそもあの瞬間、奴《やつ》は俺をまともに見ていなかった。完全に無防備な瞬間を狙《ねら》ったつもりだ。

なのに奴は一瞬で剣気に気づいた。もし実際に斬り掛かっても、間違いなく捌《さば》かれていただろう。

あんな達人、戦場でも見たことがない。

うちではまだ若手の……三十そこらの傭兵たちが、気楽なことを言い合っている。

「あの変てこな格好の貴族、タダ飯まで食わせてくれるとは甘っちょろくて助かるな」

「どうせ田舎《いなか》貴族の私兵ごっこだろ。適当に合わせておけばいいさ」

俺は立ち止まり、部下を呼び集める。

「おいお前ら、ちょっとこっち来い」

「なんです、団……うわっ⁉」

「団長、ちょっと⁉」

俺は二人のベルトを左右の手でつかんで持ち上げる。二人のつま先が完全に宙に浮いたところで、

俺は静かな声で告げた。

「よく覚えておけ。お前ら二人であいつに背後から斬り掛かっても、死ぬのはお前らだ。十回やっても一回も成功せんぞ」

「ま、まさか……？」

「信じられないのはわかる。俺だってまだ信じられないぐらいだ。だが俺たちは運がいい」

俺は二人を乱暴に放り出し、ふふっと笑う。

「あいつに雇われてる間は、あいつと戦場で殺し合うことはないだろうからな。それにあんな怪物が俺たちみたいな歴戦の騎兵を雇おうっていうんだ、どんな戦場が待ってるか楽しみじゃないか、なあ？」

「そ、そうですね……」

いずれこいつらも思い知ることになるだろう。あのノイエとかいう男は只者《ただもの》じゃない。

いやしかし、長生きはするものだな。年甲斐《としがい》もなく楽しくなってきた。

＊　＊　＊

リン王女暗殺未遂事件から四日経《た》って、やっと少しずつ事情が見えてきた。

カルファード家と特別親しい交易商人……要するに金を握らせて密偵をやらせている交易商人たちから、断片的に情報が入ってくる。

「やっぱり国王陛下が王太子殿下を廃嫡しようとしてるみたいね。まだ正式な決定じゃないけど、じわじわ外堀を埋めてるらしいわ」

「王太子殿下か。私の異母兄だが会ったことはないな」

リン王女は剣の素振りを終えた後、ふとつぶやく。

「会ったところで、向こうは私など疎ましいだけだろうが……」

寂しそうなリン王女に、私は敢《あ》えて慰めの言葉をかけなかった。

「そうでしょうね。でも立場が逆転するかもしれないわよ」

「私が嫡子に？　ありえないだろう」

リン王女は再び剣を構え、ヒュッと振る。あまり実戦向きではないが、素直な良い太刀《たち》筋だ。

「私の母は王の侍女に過ぎなかった。実家も国内の貴族でしかない。普通は他国の姫を娶《めと》るものだろう？」

「政略結婚としてはそれが正しいけど、今の王妃もテザリアの貴族だもの」

「あれ、そうだっけ？」

肝心な知識が抜けているようなので、私は説明する。

「国王グレトーは北テザリアの貴族たちに手を焼いて、北部貴族連合の盟主であるツバイネル公の長女を妻にしたのよ」

ツバイネル公爵家は、建国以前に北テザリア全域を支配した豪族の末裔《まつえい》だ。テザリア王室より古く、北部では王室より尊敬されている。

そこで国王はツバイネル公と親戚《しんせき》になることにしたらしい。

「その結果、北部貴族は国王に恭順し、ツバイネル公は姻戚《いんせき》として絶大な影響力を手に入れたわ。

北部だけでなく、王室を通じて南部にも影響を及ぼせるようになったから」

王室に法改正を働きかけ、交易で莫大《ばくだい》な利益を得たという噂だ。北部ばかりが露骨に優遇され、南部の諸侯や商人たちは歯ぎしりをしている。

「でまあ、ツバイネル公としては我が世の春ってとこだったんでしょうけど、さすがに国王も困り果てたのね。このままだと王室が形骸《けいがい》化しかねないから」

北テザリアの貴族たちは国王よりもツバイネル公を尊敬するようになるし、南テザリアの貴族たちは北テザリア寄りの国王を非難する。誰《だれ》も王を尊敬しない。

「だから国王としては、ツバイネル公の影響力を弱めたいのよね」

「ああ、私はてっきり父上がまた他の女に手を出したのかと思っていたが、一応は政治のことを考えていたんだな」

リン王女の父親観が乾ききっているのがつらい。

「で、国王は王妃と離婚したかったんだけど、清従教が認める訳ないわ。王妃の次男ネルヴィス王子は教皇の直弟子だもの」

「えーと、あ、なるほど。教団にとってネルヴィス殿は大事な人脈なんだな。離婚されたらネルヴィス殿の影響力が減るからダメなのか」

「そうよ。理解が早いのはさすがね」

「えへへ」

国王は手を打つのが遅すぎたのだ。国王は王室内で孤立し、打つ手はないかに見えた。

「でもね、王室法に抜け穴があったのよ。それは王妃との婚姻が無効であったと訴え、他の女性との婚姻関係を証明すること」

「それってつまり、私の母を今さら王妃扱いするってことだろ？」

リン王女は不快そうに眉《まゆ》をひそめて、剣を振り下ろす。

「父上は母上に何もしてくれなかった。生前に母上がどれだけ父上のことを慕っていたか、どんなに会いたがっていたか」

「殿下……」

リン王女は猛烈な勢いで剣を振りながら、苛立《いらだ》ちを吐き出すように叫ぶ。

「私は父を許さない！　今さら嫡子にしてやると言われても御免だ！　そんな王冠いるものか！」

そりゃそうだ。

でもリン王女が王位に興味を持ってくれないと、カルファード家が危険を冒してこの子を保護している意味がなくなる。

私は何の見返りも必要ないけど、カルファード家としては困るのだ。父や弟たちを巻き込んだ以上、単なる同情でリン王女には味方できない。

とはいえ、多感な年頃の少女に何を言えばいいのだろう。

私はいろいろ考えた末、この問題を解決する一番バカな方法を選択した。

「じゃあ殿下、王冠をもらうのはやめるわ」

「だから私は絶対に……えっ⁉」

リン王女は慌てて振り向くが、振り下ろした剣の勢いでよろめく。

「うわっとっと⁉　ノイエ殿、それどういうこと⁉」

「でも今のままじゃ、カルファード家も殿下も破滅するわ。だから王冠は奪い取りましょう」

「奪い取る⁉　王冠……王位をか⁉　もらうのとどう違うの⁉」

表向きは大差ないが、力関係が違う。

「譲位後にあれこれ言わせないように、国王から実権を奪うのよ。先王の操り人形なんて御免でしょ？　ついでにツバイネル公も王太子たちも何とかしちゃいましょう」

リン王女がゴクリと喉《のど》を鳴らす。唇が微《かす》かに震えていた。

「で……できるの？　そんなことが？」

絶対無理だろう。

そう思ったが、このままリン王女を匿《かくま》い続けるのは困難だ。

得られた情報が全《すべ》て正しいのなら、いずれツバイネル公は国王を排除する。しかしそれ以上に簡単なのがリン王女の排除だ。

「私がツバイネル公なら、あなたを始末してから国王に言うわね。『お世継ぎはもうおりませんぞ、廃嫡など諦《あきら》めて王太子に譲位しなさい』ってね」

その後は国王を離宮にでも幽閉すればいい。新国王の支配が確立した頃合いに、先王には崩御してもらう。誰も困らない。

リン王女は青い顔をしている。

「や、やっぱり私、殺されるのか……」

「そうはさせないわよ。知恵と武力は貸すから、無事に王位を分捕ったらカルファード家を南テザリア一番の大領主にしてね」

するとリン王女は不思議そうに首を傾《かし》げた。

「それぐらいはするつもりだけど、カルファード家の跡継ぎはリュナン殿だろう？　ノイエ殿への見返りはどうすればいい？」

「バカだわこの子、ほんとバカ」

「バカって言うな！　ちょっと不敬だぞ、ノイエ殿は。見返りはどうするのかと聞いてるんだ」

私はリン王女の額をツンとつつく。

「そんなもん、殿下が笑って生きてくれればそれでいいのよ」

「え？　えー……？」

なにその反応。

リン王女は額をさすりながら、妙に照れくさそうな笑みを浮かべてもじもじしている。

「ほ、ほんとにそれだけでいいのか？　いやあ、なんかこう……はは、えー……」

しばらくグネグネ身悶《みもだ》えした後、リン王女は小さく咳払《せきばら》いをして私に向き直った。

「ノイエ殿こそ真の忠臣だ。テザリア貴族の鑑《かがみ》、男の中の男だな。私はノイエ殿を二人目の母親だと思うことにする」

「あの私、男なんだけど……。せめて父親にしてくれない？」

「父親は嫌いだ」

そんなこと言われても。

とりあえず事件の全貌《ぜんぼう》が大雑把に見えてきたので、私は兵力の増強を急ぐことにした。

王太子の母方の祖父であるツバイネル公が、おそらく今回の黒幕だ。

ツバイネル公は広大な領地を有しており、その動員兵力は一万とも二万とも言われている。さらに周辺貴族たちから大量の兵を借りることができるので、ツバイネル公が本気になれば王室すら脅かせる。

テザリアはまだ中央集権が進んでおらず、こういう大貴族は地元では国王以上に強い。

一方、リン王女を守るのは老眼気味の傭兵《ようへい》が三十九騎。あとは防衛専門の郷士隊が百ほど。話にならない。

「ま、北部から王都を通過して、南部のカルファード領まで攻め込むのは無理でしょうけど……」

そんな軍勢が押し寄せたら、そこに何かあるというのを喧伝《けんでん》しているようなものだ。いかにツバイネル公とはいえ、さすがにそこまでの無茶はできないだろう。

ただし前回のような暗殺団なら何度でも派遣できるだろうから、下手《へた》に喧嘩《けんか》を売るとまずい。

だから私は今、必死にリン王女を説得している。

「あんたがお父さん嫌いなのはわかったから、とりあえず今だけでも国王派ということにしなさい」

「やだ。絶対断る」

リン王女は腕組みして、ぷいと横を向く。国王は母親を邪魔者扱いしたクソ親父《おやじ》だ、無理もない。

無理もないのだが、それではちょっと困る。

「確かにグレトー陛下はクソ親父だけど、カルファード家の戦力じゃどうしようもないのよ。今後何が起きるかまだわからないけど、国王派の仮面だけは被《かぶ》っておいて」

「やだ」

扱いにくいわ、この子。

しょうがないので、私はリン王女の意志は尊重しつつも勝手にやらせてもらうことにした。

「じゃあ私が細かいことやるから、あんたは適当にうんうんうなずいてなさいな。いずれはクソ親父の頭を蹴《け》り飛ばしてあげるから。ね？」

そこまで言うと、リン王女はようやくうなずいた。

「まあ……それならいいか……。あんまり私が意地を張っていると、ノイエ殿を困らせてしまうんだろう？」

「そうね。千や二千の軍勢ぐらいは持てる身分にならないと、さすがにどうしようもないから。まずはそこを目標にしましょう」

国王派の王女としてうまく立ち回れば、それぐらいの軍権は要求できるだろう。


そんなことを考えているうちに、待っていた報告がついに来た。

傭兵隊長のベルゲンが入室してくる。

「ノイエ殿、哨戒《しょうかい》の連中から連絡があった。紋章官の服装をした男が、従者二人を連れて街道をこちらに向かっている。行き先はサノー神殿だ」

サノー神殿に向かっているということは、王女暗殺未遂があったことを知らないらしい。今のサノー神殿は燃え落ちた廃墟《はいきょ》だ。

「サノー神殿前に軽騎兵隊を派遣して。失礼のないように城館にお招きするのよ」

「承知した」

さて、どう転ぶか……。

カルファード城館の前に重騎兵を整列させ、私は正門前で紋章官を待ち受ける。

「あんたたち、わかってるわね？　紋章官に無礼を働くんじゃないわよ。王室直属の役人は基本的に『四つ名』以上よ」

「大丈夫ですよ。俺たちも戦場暮らしが長いですから、紋章官には手出ししませんって」

どうやら大丈夫そうなので、私はうなずいてニヤリと笑う。

「信用してるわ。無礼を働くときは私がやるから」

「おいおい」

紋章官は重要な役職で、戦場で敵味方を識別する職務も担っている。戦場で紋章官を殺すとお互いに困るので、紋章官には手出ししないのが貴族社会のルールだ。自分が捕虜になったときや敵将を捕虜にしたとき、捕虜の身分を証明してくれるのも紋章官だからだ。

そういう特性があるので、紋章官は使者としての任務を与えられることも多い。

こういう戦の作法もリン王女に教えておかないとなと思っていると、鉄騎団の軽騎兵隊が戻ってきた。先頭はベルゲン団長だ。

彼は下馬して兜《かぶと》を脱ぎ、私に恭しく一礼した。

「ノイエ様に御報告いたします！　王室紋章官御一行をお連れいたしました！」

珍しく敬語なんか使っちゃって。

でもこういうときに雇用主を立てることができるのは、良い傭兵だ。

左右を見ると、鉄騎団の重騎兵たちも綺麗《きれい》に整列して槍《やり》を掲げている。儀仗兵《ぎじょうへい》顔負けの規律の正しさだ。さすがはベテラン兵たち、やることがこなれている。

いい買い物をしたと改めて思いながら、私は王室紋章官に一礼する。

「ようこそ、カルファード城館へ。私は当主ディグリフの長子、ノイエと申します」

テザリア貴族の敬語は非常に複雑で私にはうまくしゃべれないが、前もって用意しておいた口上なら何とかなる。

「お、おお。そなたの兵か」

礼装の紳士が額の汗をハンカチで拭《ぬぐ》いつつ、左右をちらちら見ている。

二十八騎もの重騎兵が左右に整列して、槍を掲げているのだ。

重騎兵は最強の兵科であり、前世の感覚で言えば戦車が並べてあるのと同じぐらいの威圧感がある。かなり怖いに違いない。

紋章官は汗を拭《ふ》き拭き、私に問いかけてくる。

「それで、リン殿下は本当にこちらに……？」

「はい、当家がお守りしております。サノー神殿の事情はお聞きになられまして？」

「いや、私には何がなんだかさっぱり……」

「村人たちの話では、先日火災に遭ったそうですの。詳しい経緯は当主が御説明いたしますわ。どうぞこちらに」

テザリアの敬語で会話するのは私には難しいので、父に丸投げしよう。

こうして王室からの使者を出迎えたのだが、紋章官の口から出た言葉はそっけなかった。

「リン王女殿下に『ランベル』の名を付与するとの仰せです。さらにもうひとつ、名を足すことを許すとのことでした」

「それだけか？」

リン王女が首を傾げているので、私が横で説明する。

「殿下は今、名前とテザリア姓だけの『二つ名』でしょう？　王宮に入れるのは『四つ名』以上だから、その下準備よ」

「あー、なるほど」

なんせ身分の上下にはうるさい世界なので、まずはこの辺りから手をつけないと次期国王に擁立できない。

「名前を増やすだけなら、別に廃嫡だの何だのとは騒がれないしね」

そうは言っても王太子やその周辺はピリピリしているだろうが、国王の実子が「二つ名」なのがそもそもおかしいのだ。この程度で文句を言う権利はない。

しかしそうなると、「リン・ランベル・なんとか・テザリア」になるのか。弾むような音感でいいと思うけど、日本語で読むと若干気になるものがある。

一方、リン王女は首を傾げていた。

「ノイエ殿、『ランベル』とは何だ？」

「ええと、連邦王国成立以前の古い国名よね、紋章官殿？」

「はい。南テザリアの由緒ある名ですぞ」

日本で言えば、但馬守《たじまのかみ》とか伊予守《いよのかみ》とかを名乗れるようになった感じだ。そして実際の国主とは関係ないところも同じだった。

「現存する地名を名乗れたら、そこの領主になれるんだけどね。ランベルはもう存在しない地名だから、あくまでも格式だけの名前よ」

「そっか……」

我が父ディグリフは「アルツ」という名前を持っているが、当家の領地四村は正式にはアルツ郡と呼ばれている。アルツ郡の歴代領主だけが名乗れる名だ。

「ま、旧ランベル地方はかなり広いから、形だけとはいえ立派な名前よ。このアルツ郡も旧ランベル地方だし、殿下にも縁があるわね。大事になさいな」

「そうだな。ところで紋章官殿、もうひとつ好きな名前を名乗っていいのだな?」

リン王女が聞いたので、紋章官が深く頭《こうべ》を垂れる。

「左様にございます。もっとも名前には制限がございますからな。既に所有者がいる地名や建築物の名前は避け、尊敬する人物の御芳名などになさるのが無難でございましょう」

「そうか、ありがとう」

リン王女は軽くうなずき、即座に言う。

「ではノイエにするか」

「今なんて?」

「貴殿の名をもらう。私が今一番尊敬する人物だからな、ノイエ殿は」

こうしてリン王女は、「リン・ランベル・ノイエ・テザリア」として正式に「四つ名」の王女となったのだった。

やめて。

これで紋章官の用件は終わりだったが、もちろんこのまま帰す気はない。我が父ディグリフがすかさず口を開く。

「紋章官殿、大任お疲れ様でした。あちらに一席設けておりますので、都の話でもお聞かせ願えませんかな?」

都から来た王室直属の役人なら、いろいろ知っているはずだ。

紋章官は礼儀として、形式的に辞退してみせる。

「いえ、すぐに帰らねばなりませんので」

「そう仰《おつしや》らずに。紋章官殿をこのまま帰らせたとあっては、他家の者になんたる不作法者と笑われましょう」

父は微笑《ほほえ》みつつ、重ねて誘う。

「当家の面目を立てると思って、どうかお付き合いください。せっかく用意させた肉料理と地酒が無駄になります」

「そ、そうですか。では……」

こういう貴族同士のやり取りは驚くほど日本的だ。

父は「三つ名」だが領主だ。王室に仕える「四つ名」の紋章官といえども、その土地の領主には相応の敬意を払わねばならない。

双方の官職や家格などを考慮すると父の方がわずかに上だろうか。この辺りの力関係が実に面倒くさい。こういうときに言葉遣いを間違えると厄介だ。

「どうぞこちらに」

「これはどうも」

お互いに身分差を意識しているのか、曖昧《あいまい》な敬語でやり取りする父と紋章官。

私は庶子だから、こういう席では同席の義務はない。リュナンは同席するようだ。

あまり同席者が増えると裏事情などは語りにくくなるし、遠慮しておいた方がいいだろう。


ということで、リン・ランベル・ノイエ・テザリア様とおしゃべりでもすることにする。

「良かったわね、殿下。これで少しはマシな扱いが期待できるわよ。『四つ名』なら、いずれ領地ぐらいもらえるわ」

領地が無理だとしても、結構な額の仕送りが王室の金庫から得られるだろう。あまり名誉なお金ではないが、捨て扶持《ぶち》というヤツだ。どちらにせよ、その収入で兵を養える。

しかしリン王女は不満そうだった。

「私の恩人であるノイエ殿に、まだ何も報いていない。貴殿も名前をひとつぐらい許されてもいいだろうに」

「そう言われてもねえ」

名前がひとつ増えて「三つ名」になると、当主である父とほぼ同格だ。領地を持っていないから格はやや落ちるが、嫡男のリュナンよりは格上になる。

周囲に変な誤解を招きそうで、ちょっと心配だった。

「リュナンに悪いから、私は今のままでいいわ」

「でもノイエ殿は私の後見人として、今後いろいろな政務も引き受けてくれるのだろう？」

そこまでやるとは言ってないけど、彼女を守る以上はそのへんも引き受ける覚悟はある。

「まあ、そうね」

「王女の後見人が『二つ名』ではおかしいだろ？　だからひとつ名前を増やしてもらおう」

「別にいいのに」

「いや、私の恩人が他の貴族に軽んじられるのは我慢ならない」

真剣なまなざしで私を見上げるリン王女。王女の癖に王子様っぽさが凄《すご》い。

「紋章官殿に掛け合ってくる。父上に貴殿の『三つ名』を許可してもらう。そうでなければお会い致しませんとな」

「ちょっとちょっと」

私が止めるのも聞かず、リン王女は出て行ってしまった。

残された私は頬に手を当て、深々と溜息《ためいき》をつく。

「難しい年頃よねえ……」

＊　　＊　　＊

【銀杯の忠誠】

「田舎《いなか》風の粗野な酒で恐縮ですが、精一杯良いものを御用意いたしました。これは当たり年だった一昨年《おととし》の貯蔵酒です」

当主ディグリフは自家製ワインを銀杯に注《つ》ぎ、紋章官に勧める。

「ほう……これはこれは」

香りを嗅《か》いだ紋章官の顔がほころぶ。

「香草入りですな。しかも初めて嗅ぐ香りです」

「ええ、都で香草入りの葡萄《ぶどう》酒が流行《はや》っていると聞きましたので、当家でもレシピを考案してみました」

「ではさっそく一口」

紋章官は味わうように飲み、感嘆したように銀杯をしげしげと見つめる。

「美味《うま》い。これは美味いですぞ、ディグリフ殿」

「お褒め頂き光栄の至りです。『王室紋章官激賞』という触れ込みで売りましょう」

「ははは、さすがは商売上手で名高いディグリフ殿ですな」

嫡男のリュナンも交えてなごやかに歓談し、ほんのり酔いが回る。それを見計らったように、紋章官がやや遠慮がちに切り出してきた。

「ところで貴家のノイエ殿ですが、その……どういう御仁なのでしょうか？」

だがディグリフは即答しない。リュナンは何か言いたそうだったが、軽く制して黙らせる。

「と仰いますと？」

ディグリフの慎重な問いかけに、紋章官も慎重に言葉を選びながら答える。

「リン殿下と出会ってまだ日が浅いのに、殿下の信頼を得ておいでのようですので。臣下の身で王族を評するのは不遜《ふそん》ではありますが、私はリン殿下を聡明《そうめい》な方とお見受けしております」

「畏《おそ》れながら私も同感です」

ディグリフが穏やかにうなずいたので、紋章官も少し安堵《あんど》したようだ。

「でしたら、子供だましの懐柔策などではございますまい」

「あの子は人の心をつかむのが上手《うま》いのです。相手の立場を思いやり、誰《だれ》もが損をしないように知恵を尽くす。外見や言葉遣いで誤解されやすいのですが、ノイエは温厚で善良な子です」

「それは……なるほど」

紋章官は何度もうなずき、納得したように言う。

「ではリン殿下のことはノイエ殿に一任しておられるのですかな？」

「そうですな。私はもう隠居前ですし、リュナンには嫡男としての義務があります」

「父上……」

リュナンが何か言いたげに口を開くが、ディグリフは微笑みながら首を横に振った。

「お前ではまだ殿下のお力にはなれまい。ノイエに任せなさい」

「……はい」

うつむき加減にリュナンが答えたとき、侍女に案内されてリン王女が入室してきた。

「夜分申し訳ないが、ちょっと失礼するぞ」

「おお、殿下……！」

酔いが吹き飛んだような顔をして紋章官が立ち上がり、恭しく一礼する。

「これはお見苦しいところを」

「いや、押しかけた私が悪いのだ。許してくれ」

リン王女は片手で応《こた》え、それから紋章官に歩み寄る。

「今回、私はノイエ殿にずいぶん助けられた。彼の王室への忠誠と功労は見事なものだ。しかし私には彼に報いてやる方法がない。紋章官殿、良い知恵はないか？」

「そうですな」

紋章官は少し考え込む様子を見せつつ、こう続けた。

「この近隣には王室の直轄地はございませんので、残念ながらカルファード家に領地を加増することはできません。かといって感状や恩賜の品では足りますまい。王室より名を賜るのが最適かと存じます」

リン王女はその答えを予想していたようで、あっさりうなずいた。

「やはり『三つ名』への昇格が妥当か。わかった、では父上に手紙を書く」

「承知いたしました。私にできるのはお手紙をお届けすることぐらいですが、陛下に口添えいたしましょう」

「ありがとう」

にこっと笑うリン王女。

そこにノイエがやってくる。

「殿下、大人の酒席に乱入しちゃダメよ」

「別にいいだろ、子供扱いしないでくれ」

「子供でしょう？」

ノイエは一国の王女を子供扱いしたが、リン王女は迷惑そうにしながらも嫌がってはいない。親密な関係を築いていることは一目瞭然《いちもくりょうぜん》だった。

苦笑したノイエはテーブルの銀杯をちらりと見て、それからディグリフを見る。

「父上、お注ぎしましょうか？」

「いや結構。紋章官殿に寝室をお見せしてくれ」

「ええ」

ノイエはうなずき、紋章官に笑顔を向ける。

「紋章官殿、いったん寝室に御案内しますわ。寝間着も用意してますから、楽な格好にお着替えになってからお酒を召されては？」

「そうですな。酔っ払う前に報告書も書いておかねばなりませんし」

紋章官が立ち上がり、ディグリフとリン王女に一礼する。

「リン殿下、失礼いたします。ディグリフ殿、続きはまた後ほど」

「ええ、お待ちしております」

ノイエと共に紋章官が退出した後、リュナンが堰《せき》を切ったようにまくし立てた。

「父上、さっきのお話は本音ですか？」

「え？　本音？」

自分の話題だとは知らないリン王女が不思議そうな顔をしている。

「まさか」

ディグリフは思わず苦笑し、首を横に振った。

「お前は人望もあるし聡明だが、領主を務めるにはまだまだ落ち着きが足りんな。今日会ったばかりの紋章官殿に本音など言わんよ」

だがリュナンは納得できないようだ。

「ですが父上、紋章官殿は王室を愛する忠臣のように見えました。それに頼りになりそうな雰囲気でしたし」

「雰囲気はな」

ディグリフはテーブルの上の銀杯を手に取った。空になった杯の底をリュナンたちに見せる。

「これがわかるか？」

「蛇の彫刻ですね。蛇が剣で真っ二つにされている……」

リュナンは首を傾《かし》げたが、リン王女が声を上げた。

「それ、もしかしてツバイネル公爵家の紋章では？」

「御慧眼《けいがん》です、殿下。『剣に絡みつく蛇』はツバイネル家の紋章。その蛇が真っ二つになっているということは、この杯はツバイネル家への敵意を示しております」

銀杯をテーブルに戻すディグリフ。

「これは何年も前に交易法が『改悪』されたときに、近隣の領主たちと一緒に腹立ち紛れに作ったものです。この彫刻の意味、紋章官ならば気づかぬはずがありません」

「そりゃそうだろうな。紋章官なんだから」

リン王女がうなずき、ディグリフもうなずき返す。

「しかし彼はこの彫刻に気づかないふりをしました。先ほどの歓談でも政治的に繊細な話題は全《すべ》て避けていましたよ」

首を傾げるリン王女。

「どうして？」

「王室とツバイネル家のごたごたに関わりたくなかったのでしょう。彼は忠臣を装ってはいますが、忠義よりも保身を優先する人物のようです。過信してはいけません」

ディグリフとノイエは最初から紋章官を警戒していた。

もともと国王には王室内に味方がいない。いないから一度は捨てた庶子まで抱き込もうとしているのだ。そんな王に忠義を尽くす家臣が多いとは思わない。

リン王女は慌ててドアに手をかける。

「じゃあノイエ殿にも教えてあげないと」

リン王女は慌てて廊下に飛びだそうとしたが、ディグリフはそれを制した。

「御心配には及びません、殿下。先ほどの私とのやり取りでノイエは気づいております」

「さすが兄上……。僕は全然わかりませんでした」

リュナンは悲しそうにうなだれるが、ディグリフは笑った。

「良い勉強になっただろう。これが社交の世界だ。世の中は忠義者の顔をした日和見主義者や、有能のふりをした無能で溢《あふ》れかえっている。味方を選ぶときは慎重にな」

「肝に銘じます」

リュナンがそう答えたので、ディグリフは今度はリン王女に向き直る。

「殿下もお気をつけください。このディグリフとて忠義者の顔をした日和見主義者です。風向きが変われば、一門を守るために殿下を見捨てるでしょう」

「私も肝に銘じておこう」

リン王女は真剣な表情でこっくりとうなずく。

それから微笑《ほほえ》みつつ問う。

「でも自分から日和見主義者だなんて言う人は初めて見たぞ?」

ディグリフも微笑む。

「息子が命がけで殿下をお守りする覚悟だというのに、父親があまり恥知らずなことはできますまい。風向きが変わらぬよう、私なりに最善を尽くすまでです」

「かたじけない」

リン王女は頭を下げた。

それからふとディグリフに問いかける。

「でもノイエ殿は、どうして私なんかを守ろうと必死なんだろうな?」

「理由をお聞きになられなかったのですか?」

「いや、聞いたんだけど……さっぱり意味がわからなかった。私が『笑って生きててくれればそれでいい』とだけ」

ディグリフは少し沈黙し、どう答えるべきか迷う。だが結局、正直に話すことにした。

「あの子は昔から変わっていました。初めて会ったときから、どこか大人びて……いや、大人びているという言葉は正しくありませんな。まるで……」

再び迷うディグリフ。しかしリン王女の「なになに？」という興味深げな表情を見ていると、言わずにはいられない。

「まるで、別人として一度人生を歩んできたような印象を受けます。早熟や聡明といった言葉では説明がつかないのです」

そこまで言ったところで、ディグリフはリュナンとリンの食い入るような視線に気づいた。

（この子たちには少し難しい話かもしれん）

首を振り、ディグリフは苦笑する。

「いずれにせよ、ノイエがそう申したのならそれは本音でしょう。ごまかすつもりなら他にいくらでも美辞麗句を並べられる子です」

「ああ、それはそうだな」

リン王女はうんうんとうなずき、それから照れ笑いを浮かべる。

「本音を聞けたのは嬉《うれ》しいけど、どう受け止めたらいいのかわからないな」

「ははは、喜ぶべきことでしょう。私と違い、ノイエが殿下を見捨てるようなことは決してありますまい」

ディグリフはそうつぶやき、件《くだん》の銀杯で喉《のど》を潤す。

（この王女殿下と向き合うと妙に饒舌《じょうぜつ》になってしまう。不思議な御仁だ。あるいはこれこそが王者の資質か。だとすればノイエが語ったのは、やはり本音なのだろうな）

空になった銀杯を置き、彼はリン王女に微《かす》かな羨望《せんぼう》の視線を向ける。

「私も一度ぐらい、あの子の本音を聞いてみたいものです」

「うん？」

不思議そうにリン王女が首を傾げた。

＊　＊　＊

翌日には紋章官が都に戻り、何日かが過ぎた。

結局その後、私にも名前の追加が認められたようだ。リン王女が国王からの正式な書類を手に、笑顔で駆け込んでくる。

「勝手に好きな名前をつけておけと言われたので、ノイエ殿に私から名を贈ろう」

「そりゃどうも……」

「今日からノイエ殿は、『ノイエ・ファリナ・カルファード』だ！」

少し考える私。

「ファリナって、女の名前じゃない？」

確かに私はこんな見た目で言葉遣いも女性的だが、れっきとした男だ。

するとリン王女は力強くうなずく。

「私の母の名前だ。受け取ってくれ」

「なんで……？」

「ノイエ殿に母の名を継いでもらえば、いずれファリナの名は歴史に刻まれるだろう。ノイエ殿は偉大な男だからな」

大変に名誉なお言葉だったが、私は額を押さえる。

「あのね」

「なんだ？」

「それなら自分の名前につければ良かったんじゃないの？　あんたの名前は確実に歴史に残るわよ。少なくとも王室史には」

するとリン王女は頭を掻《か》く。

「ほんとだな。そうすれば良かった！」

どうしよう、この子ぜんぜん悪びれてない。細かいことは気にしない王の器を感じるけど、それはそれとして困る。

リン王女は馴《な》れ馴れしく私の肩をぽんぽん叩《たた》いてきた。

「私はノイエ殿を第二の母だと敬愛している。感謝と信頼の証《あかし》だ、第一の母の名を受け取ってくれ」

「う、うーん？」

王女の実母の名を拝領するなんて大変な名誉のはずなのに、不安しか感じられないのが凄《すご》い。

「私は男だからね？」

「知っているぞ」

「魔女の秘術を使う為《ため》にこんな格好してるし、育ちが悪いから女言葉しか使えないだけで、中身は凄く健全な男だからね？」

「うん。そうか」

ダメだ勝てそうにない。

リン王女が笑顔で右手を差し出す。

「ではこれからもよろしく頼む、ノイエ・ファリナ・カルファード卿《きょう》」

「うーん……」

ちっこい手でぶんぶんと力強く握手されながら、私は漠然とした不安を打ち消せないでいた。

このまま孤独な王女の母親代わりにされるんじゃないだろうか。


この件を家族に報告すると、父は満面の笑みでうなずいた。

「でかしたぞ、我が息子よ。王女殿下から拝領した名、それも殿下の実母の名となれば大変な価値がある。私の『アルツ』より遥《はる》かに重みがあろう」

「それはまあ、そうかもしれないけど」

私が渋い顔をしているのに、異母弟のリュナンも手放しで喜んでいる。

「やっと兄上が認められる日が来ましたね！　僕も弟として嬉しいです！」

「いやでも、嫡子のあんたより格上になっちゃまずいでしょ？」

きょとんとするリュナン。

「元から兄上の方が格上ですし、別に気にしませんけど……。なあ、ユイ？」

「はい、リュナンお兄様。ノイエお兄様が当家の長子ですから、むしろ当然だと思います」

異母妹のユイまでうなずいている。

父がおかしそうに笑いながら、私の肩に手を置いた。

「もし政変に巻き込まれてカルファードの一族が没落したとしても、王女殿下より名を頂戴《ちょうだい》した名誉は消えない」

私が王女から名前をもらったことがよほど嬉しいのか、父はしみじみと言葉を続ける。

「子孫たちがどのように生きていくとしても、この名誉は世間での信頼という形で、必ずや子孫たちへの財産となるだろう。そういう一族を過去に何度も見ている。だからその名は大事にしなさい」

「え、ええ。そうしますわ、父上」

確かに名誉なことなんだけど。

こうして私とリン王女はようやく貴族社会の末端から少し這《は》い上がり、いずれ来る王位争奪戦への出場権を獲得したのだった。

まだまだ先は長い。

＊　＊　＊

【リュナンの憧《あこが》れ】


兄上が退出した後、僕は父上の書斎でお話をする。

「やっぱり兄上は凄いですね！」

「ははは。ノイエは昔から、よくできた子でな。前にも話したことがあるが、コルグ村で流産や幻覚などが頻発する奇妙な疫病が起きたときにも、いち早くそれに気づいた」

「はい、父上。『麦角病』の件ですね。原因が麦の異変だと見抜いた兄上は本当に博識です」

病気になった麦、「麦角」を食べることで村人たちが深刻な病に罹《かか》っているのを、兄上はすぐに気づいた。

コルグ村の麦畑をいったん全《すべ》て焼き払い、領内の他村から小麦粉と種籾《たねもみ》を調達するという思い切った方法で、コルグ村に蔓延《まんえん》していた病気は綺麗《きれい》に消え去った。

「そうだ。私がノイエにいずれベナン村の代官をやらせようと思ったのも、あのときにノイエの知識と決断力、それに実行力を認めたからだ。そしてあの子は私の期待を遥かに超えて、代官として立派にやってくれている」

「はい、父上」

僕も兄上の凄さについて高速でまくし立てたい気持ちを、ぐっと抑えつける。今は父上のお話を聞く時間だ。

父上は僕の心情を察したのか、軽く苦笑した。

「そうだ。そしてお前が知っている以上に、ノイエの功績は他にもいろいろあるのだよ。カルファード領の四村の農業に、それぞれ特色があるのは気づいているな？」

「はい。それぞれの村に独自の作物がありますね。甘芋とか」

城館に一番近いジオ村では、遠方から取り寄せた甘芋を栽培している。砂地でも育つ救荒作物だが、保存食やおやつに大人気だ。市を開くと他村の者たちがまとめ買いをしていくぐらいだ。

他にも貴重な薬草の栽培をする村、珍しい果樹を植えている村、それぞれに特色があった。

「あれはノイエの発案だ。麦角病の件もそうだが、麦ばかり作っていては凶作や疫病に弱い。救荒作物が必要だという話だったのだが、試行錯誤しているうちに脱線した」

「脱線ですか？」

父上がクスクス笑う。

「あいつと仕事をしていると実に楽しくてな。お前もそのうちわかる」

わかりますとも。兄上は本当に凄い人ですから。

「カルファード領で栽培できて、なおかつ需要がありそうな作物をいくつか見つけてな。せっかくなので村ごとに分けようとノイエが言い出した」

普通に考えれば、全ての村に全部の作物を植えさせる方がいいような気がする。

「なぜですか？」

「理由は三つだ。一つ目は効率。土作りや用地確保を考えると、一カ所でまとめて栽培する方が効率がいい。栽培技術の秘密も守りやすくなる。二つ目は経済だ。お互いの村の作物を取引するようになり、金の流れが生まれる。金は常に巡らせるのが領地経営のコツだ」

僕はまだ勉強中の身なので、新鮮な驚きをもってそれを聞く。

「最後の理由は自尊心だな。村ごとに独自色が生まれて村人たちが自慢の種にする。『こんな珍しい作物を作っているのは俺たちの村だけだ。俺たちの村は素晴らしい』とな」

「それはそんなに大事なことですか？」

すると父上は笑う。

「貴族だって名前の数や一門の歴史で互いに張り合っているではないか。農民も同じだよ。そういったものが心の拠《よ》り所《どころ》になり、困難に立ち向かう力になるのだ。この効能には、いささか危うさもあるがな」

「なるほど……」

納得した僕は、ふと妙なことに気づく。

「でも父上、新しい作物の栽培を軌道に乗せるのは大変ですよね？」

「ああ。定着して十年ほどになるが、どれも何年もかかった」

計算が合わない。

「麦角病の件も僕は直接見てないんですけど、そのとき兄上はお幾つだったんですか？」

すると父上は事も無げに言う。

「どちらもあの子が十歳になる前の話だよ」

「そんな歳《とし》でですか⁉」

僕が十歳の頃《ころ》なんて、兄上に甘えて遊んでもらってばかりいた。

あまりの差によろめくと、父上が慰めるように言葉をかけてくれる。

「あの子が傑出しているだけで、私だって十歳の頃は遠乗りばかりしていたものだ。心配しなくていい」

じゃあやっぱり兄上が凄いんだ。

「じゃあやっぱり兄上が凄いんですね！」

そのまんま声に出してしまった。

父上は苦笑しつつうなずく。

「そういうことだよ。まるで生まれる前にどこかで学問でも積んできたかのような……。いや、それだけイザナの養育が素晴らしかったのだろう。麦角病も旅先で見たと言っていた」

父上は兄上の実母の名を挙げ、しみじみとつぶやいた。

「イザナが何か目的があって私に近づいたことは、私も気づいている。だがそれはそれとして、ノイエは素晴らしい息子だ。お前の頼もしい右腕となってくれるだろう」

「そんな、僕が兄上の右腕になりたいのです！」

「ノイエがそれを許すまい。あの子は見かけとは裏腹に、とても真面目《まじめ》な性格だ。己の栄達の為《ため》に家中の序列を乱すなど、決して許さんだろう」

そこがもどかしい。兄上さえ許してくれるのなら、僕が兄上の補佐としてカルファード家を盛り立てていくのに。

そう、僕と兄上の二人で。

そんなことを考えていると、父上が軽く溜息《ためいき》をつく。

「お前はもう少し兄離れして自立しなさい。家督を継ぐのはお前なのだし、ノイエにはノイエの人生がある」

「……はい」

偉大すぎる兄がいると、自分がどうしていいのかときどきわからなくなる。

兄上の子分をやってるのが、一番気楽なんだけど……。

「ところで父上」

「何だね？」

「兄上のことを、紋章官殿にもっと推挙しても良かったのではありませんか？　うまくいけば王室に重用されるかもしれませんよ」

「それも手ではあるが、ここは慎重に行く方がよかろう」

父上は首を横に振った。

「ノイエが並外れた手腕を持っているとはいえ、今のうちから敵方に警戒されるとやりづらい。今はまだ無名の田舎《いなか》貴族でいた方がいい」

「そういうものですか？」

「ああ。ことさらに触れ回らずとも、ノイエの名はいずれテザリア中の者が知ることになるだろうしな」

「なりますよね⁉」

やっぱり兄上は凄いんだ！

ワクワクしてきた。

＊　＊　＊

「リュナンが気持ち悪い？」

私はリン王女の言葉に首を傾《かし》げる。

「あの子、とても真面目だし優秀よ？」

「いや、それはわかるんだが」

リン王女は眉間《みけん》にしわを寄せる。

「ノイエ殿にべったりすぎないか？　あれではまるで……」

「まるで何なのよ。次期当主の悪口は殿下でも許さないわよ」

領主の土地にいる以上、たとえ王族であっても領主の客分に過ぎない。そしてここはカルファード領であり、リュナンは次期当主だ。

リン王女はすぐに謝った。

「すまない。ただどうにも苦手で」

「殿下もリュナンも良い子なのに、仲が悪いのは困りものねえ」

「いや、信頼はしているし立派な人物だと尊敬もしている。でもなあ……」

リン王女の指摘通り、確かにリュナンは私にべったりだ。そうは言っても歳の離れた兄弟だし、リュナンは幼くして母を亡くしている。ついつい兄に頼ってしまうのは仕方ないだろう。

リン王女は溜息をつく。

「ノイエ殿はダメ人間製造機だな」

「どこまでも失礼な子ね……」

肉体的な年齢では七歳差だが、私には前世分の人生経験がある。それを加味すると親子ほど歳が離れてしまうので、やや過保護になるのは否めなかった。

「まあいいわ。それより殿下、身辺には用心なさいな」

「ノイエ殿がそう言うから、城館から一歩も出ないようにしている。城館の周囲は鉄騎団が常に警戒しているしな」

リン王女はやんちゃな男の子みたいな言動をしているが、慎重さという点では申し分なかった。

ただ、それでも安心はできない。

「王太子派が大軍を送り込んで、城館ごと焼き討ちにするかもしれないわ。辺境で何が起きていても、都ではわからないものね」

仮にここでリン王女が殺害されても、その報が届いてから真偽を確認する為に誰かを派遣しないといけない。写真などがないからだ。

この時間的な空白はかなり大きく、王太子派が謀反を起こすつもりならリン王女の殺害を済ませてからでも余裕だった。

「だからとにかく、王太子派を刺激しないように気をつけるのよ?」

「わかった」

＊　＊　＊

【紋章官たち】


「報告は以上でございます」

「左様か」

国王グレトーは沈思黙考し、それから紋章官に命じる。

「よかろう、準備は整った。リナには至急王都に参るよう伝えよ」

「はっ」

紋章官は「リナではなくリン殿下でございます」とは言わなかった。どうせ他の誰《だれ》も指摘などしないのだし、聞き違えたふりをしておけばいい。

(実の子の名前すら覚えるおつもりがないとは……)

もっとマシな王に仕えたかった。そう思いながら紋章官は国王の執務室から退出する。

王宮の紋章官詰所に戻ると、書類仕事中の同僚が声をかけてきた。まだ若い紋章官だ。

「お疲れ様です。もしかしてまたアルツ郡までとんぼ返りですか?」

「そうなりそうです。この歳になると楽ではありませんな」

グレトーは紋章官と同年代だが、労《いたわ》りというものが全くないのが嘆かわしかった。自身も体力の衰えは実感しているはずなのに、平気で家臣に無茶を命じる。

もっともそんなことは言えないので、紋章官は苦笑してみせた。

「すみませんが、紋章の登記はお任せしますよ」

「お任せください。それにしてもこんなに何度も出張をお命じになるとは、陛下からどんな勅命を?」

同僚の面白がるような問いかけに、紋章官は慌てて首を横に振った。

「いやさすがにそれは言えませんよ。席が隣でも機密は守りませんと」

「おっと、そうでした。すみません」

若い同僚が苦笑したので紋章官も笑顔で返す。

「ではこれは別の機密情報ですが……カルファード家は大変手厚いもてなしをしてくれますので、

それはかなり楽しみです」

「ははは！　それは重要な機密ですね！」

同僚は楽しそうに笑い、分厚い紋章図鑑からカルファード家の項を開く。そこには当主と嫡男の紋章だけが登記されていた。

「やり手と名高い当主のディグリフ殿に、聡明《そうめい》で素直な嫡男リュナン殿。他にも誰かいましたっけ？」

同僚の問いに紋章官はうなずいた。

「あぁまあ……庶子のノイエ殿がいますな。平民の女言葉を使うので驚きましたが」

「ほう、特筆すべき人物でしたか？」

「いやあ、温和で落ち着いた普通の青年ですよ。家督への執着もないようで、一門の家令的な役割を果たしていますな」

紋章官の人物眼ではノイエも気になる存在として映ったが、ディグリフは何も教えてくれなかったので情報がない。話題に出しようがないので彼のことは流す。

「さて、屋敷に帰ったらまた出発しますよ。旅支度がそのままなので都合がいい」

「不幸中の幸いですね。どうかお気をつけて」

紋章官が再び出ていった後、残った同僚は書類整理の続きを再開する。彼は懐から取り出したインク壺《つぼ》にペン先を浸すと、羊皮紙にサラサラと記した。

『王室より紋章官が再びアルツ郡に向かう模様。アルツ郡を治めるカルファード家は、当主ディグリフが幅広い人脈と辣腕《らつわん》で有名』

ノイエについては記述しなかった。

インクが乾くと共に文字は薄れ、やがて完全に消える。

若い紋章官は羊皮紙をクルクルと巻き、指定の青いリボンで結ぶ。誰もいないのを見計らって、巻物を窓の外にそっと投げ捨てた。

しばらくして窓の外を見ると、巻物はどこにも見当たらなかった。代わりに青いリボンで結んだ銀貨袋が芝生の上に転がっている。いつも通りだ。

銀貨袋の重みを確かめつつ、買収された紋章官はつぶやく。

「いったい誰に届けられるのやら」

＊　＊　＊

そうこうするうちに、王室から呼び出しがかかった。すぐに上洛《じょうらく》し、謁見《えっけん》せよとのことだ。

「また父上は勝手なことを言う！」

クッションを叩《たた》いてぷんすか怒っているリン王女を、私はなだめる。

「父親が娘に会いたいって言ってるのよ。娘が会いに行くのは義務よ」

テザリアは封建社会だから、とにかく父親が偉い。変なのが父親になると子供は悲惨だ。

そしてその変なのを父に持つリン王女は、クッションを叩きながらまだ怒っている。

「私と母上を厄介者扱いしたくせに！」

「ほんとそうね」

「会いたかったら自分で来ればいい！」

「私もそう思うわ」

溜息をついてから、私はリン王女を説得する。

「でもね、相手は国王なのよ？　テザリアで一番偉いの」

「ずるい！」

「ずるいわよねえ」

私がこうやって雑に応じていると、リン王女は自分なりに気持ちに整理をつけたようだ。

「しょうがない。ノイエ殿の策略上、父上には会っておかないといけないのだろう？」

「そうね。国王の呼び出しを無視したら、あんたに兵を預ける人がいなくなるわ」

まとまった軍団とそれを維持できる資金が不可欠だ。国王は両方持っている。おねだりする絶好のチャンスだ。

リン王女は割とあっさり、クッションを置いて立ち上がる。

「ノイエ殿を困らせる訳にはいかないし、少しは王族らしいところを見せるか。すぐに出立する。人選や日程の段取りを頼めるか？」

「ええ、お安い御用よ」

私が笑うと、リン王女もにっこり笑ったのだった。

しない。

＊　　＊　　＊

【密偵エリザ】


「そうか、神官は全員『行方《ゆくえ》不明』か」

老人はそう呟《つぶや》きながら、白い羊皮紙に絵筆を走らせた。水彩の絵具は無色透明。何の絵も描けはしない。

しかし絵具が塗られた場所に、ゆっくりと文字が浮かび上がってくる。

消えるインクを再び浮かび上がらせる秘密の塗料だ。

他の方法で読むことはできないし、一度使えばもう消えることはない。つまりこの手紙はまだ誰《だれ》にも読まれていない。

「ふむ」

老人は羊皮紙を一瞥《いちべつ》すると、それを無造作に暖炉に放り込む。既に同様の羊皮紙が何枚も投げ込まれており、ゆっくりと灰になりつつあった。

それから老人は絵具をしまい込み、椅子にもたれかかる。

「エリザ。調査は進めているのだろうな？」

すると背後に控える黒装束の女性が、恭しく頭を下げる。

「はい。聞き込みで得られたのは、サノー神殿に火災が起きたこと、神官たちが全員行方不明になっていることのみです」

老人は無言だ。

エリザはサノー神殿襲撃に関与していない。だから誰がやったのかはわからない。普通に考えれば目の前の老人である可能性が最も高いのだが、エリザは余計な質問はせずに報告を続ける。

「ただし気になる点があり、サノー神殿が所有する農地が不明になっております。荘園の小作人たちがおりませんし、どこの畑も隣村の農地になっておりました」

老人がまだ無言なので、エリザは仕方なくまた続ける。

「その、あくまでも憶測ですが、どさくさに紛れて隣村に接収されたかと」

だがすぐにエリザはこう締めくくる。

「む、無意味な報告をして申し訳ございません」

「いや」

老人は書物を熱心に読みながら、即座に否定した。

「目の付け所は悪くない。その報告は重要だ」

(そうだろうか？)

エリザは首を傾《かし》げる。

神殿の荘園と接する領主たちは、だいたい仲が悪い。何かあれば農地を奪い取るぐらいは平気でやる。神殿側も勝手に農地を奪うことがあり、この手のいざこざはテザリアの日常だった。

すると老人が老眼鏡を外し、眉間《みけん》を揉《も》みほぐしながら小さく溜息《ためいき》をついた。

「わずかな面積とはいえ、農地は力の源泉だ。事件で力を得た者がいれば、それについては調べる必要がある」

「ははっ」

エリザは立ち上がると一礼する。どうやら新しい任務ができたようだ。

かなり躊躇《ためら》った後で、エリザは老人に質問した。

「御前、よろしいでしょうか？」

「それは私が答えそうな問いかね？」

「いえ……」

エリザが首を横に振ると、老人はフッと微笑《ほほえ》んだ。

「私はお前のそういう聡明なところが気に入っているのだよ。今は私の目に徹しなさい。その問いの答えは、任務の中でいずれわかる」

「承知いたしました」

エリザはもう一度、頭を下げた。いずれわかることなら今はいい。

だから「国王を殺すのはいつなのか」という質問をするのはやめることにした。

＊　＊　＊

「ようやく王都に着いたわね」

私は溜息をついて、肩を揉みほぐした。今世では肩凝りなど感じたことはないが、前世の名残《なごり》でついやってしまう。

テザリア連邦王国の首都であるバルザールは、人口十万人とも称される国内最大の都市だ。最大といっても十万足らずなので、この国の人口密度がどんなものかはだいたいわかる。前世の東京を思えば、都の大通りものどかなものだ。

しかし田舎《いなか》から出てきたリュナンやユイ、それにリン王女にはだいぶ刺激が強いらしい。三人ともキョロキョロしている。

「人が多すぎて酔いそうだ。本当にようやく着いたんだな」

巨大な市場の賑《にぎ》わいに目を奪われつつ、リン王女が肩をすくめる。

「道中の領主全員に挨拶《あいさつ》なんかしていくからだ。おかげで一日に半コーグしか進めなかった日もあったし」

「王族に領内を素通りされたら、その領主の評判が悪くなるでしょ……。地方領主の立場で考えてよ」

街道筋は比較的大きな領主が多いとはいえ、カルファード領のような小領も多い。挨拶の度に一泊することになるから、ずいぶん日数を無駄にしてしまった。

しかし同行者たちは気楽な顔だ。リュナンが笑顔で言う。

「兄上、僕は故郷を出たのが初めてなので楽しかったですよ！」

「そりゃ良かったな、リュナン殿。王女様のお供だと待遇がいい。あんたは幸運だ」

傭兵《ようへい》隊長のベルゲンがニヤニヤ笑った。

「毎日まともな肉が食えたからありがたいが、少し胃もたれするな」

「歳《とし》なんだから、いつも通り豆でも食ってなさいよ……」

さすがに王女様の御一行ともなれば待遇は最上級だ。みんな腹の底で何を考えているかはわからないが、とにかくもてなしは最高だった。

といっても畜産や農業が未発達なこの世界では、塩と香辛料で焼いた肉が最高の料理になる。もちろん好きだが、そればっかりだと正直飽きる。

刺身が食べたい……。

リン王女はカルファード家の馬車に乗ったまま、窓から身を乗り出して私に笑いかけてきた。

「ノイエ殿は美食にも心を動かされず、節度を保っていたな！　私なんかガツガツ食べてしまったが」

彼女にしてみれば不思議なのだろう。

確かに貧乏貴族の庶子である私は、もちろん贅沢《ぜいたく》とは無縁だ。

それに前世と違って調理に手間がかかりすぎるので、あまり複雑なものは作れない。

しかし川魚のワイン蒸しやチーズオムレツ、キノコと鹿肉のシチューなど、現代人好みの料理を作ることはできた。まあ……毎日は無理だが。

説明が面倒だったので、私は苦笑してみせる。

「育ち盛りのあんたみたいに食べていたら太っちゃうわ」

「太るのはダメなのか？」

肥満が健康に悪いということを、この世界の人々はまだ知らない。肥満そのものが珍しいので、経験が蓄積されていないのだ。

教えないのも薄情だと思ったので、私は軽く説明しておく。

「極端に太ると血の道や臓腑《ぞうふ》が壊れるのよ。でも殿下はまだまだ大丈夫だから、どんどんお食べなさいな。もう少し肉をつけた方がいいわ」

「そうか、良かった……」

ほっと胸を撫《な》で下《お》ろしたリン王女は、ふと首を傾げる。

「しかしノイエ殿は博識だな？　医術にも詳しいようだし、他にもいろいろ知っている」

「そうねえ……」

「どこでそんな教育を？」

私は微笑む。

「さあ、どこかしらね」

「むう。ノイエ殿は優しいけど、肝心なところは教えてくれないな……」

我が王女殿下は、ちょっと拗《す》ねている様子だ。

転生者だと言っても信じてもらえないだろうし、説明が長くなる。そのうち話すとしよう。

それよりも今は、国王との謁見《えっけん》だ。


王宮に通されたリン王女一行のうち、国王と直接会うことを許されたのはリン王女だけだった。

しかし彼女がごねてごねてごねまくったので、私だけ同伴を許される。リュナンとユイはダメだった。

「『三つ名』にしてもらってて良かったわ。殿下の慧眼《けいがん》ね」

「名前の数って、こんなところでも差がつくんだな」

王宮に入れるのは「四つ名」以上の貴族だけだ。

ただし従者や使者としてなら「二つ名」でも王宮に入ることができ、さらに「三つ名」なら謁見や会議に同席することも許されるのだという。

「田舎暮らしだったから、そんな決まりがあったなんて私も知らなかったわ。でも殿下の言う通り、名前の数で待遇が大きく変わるのは事実よ」

敬語が複雑なのもそのせいで、相手との身分差によって使うべき単語が違う。下手《へた》に間違えると「貴様、五つ名の私を四つ名扱いしたな！　決闘だ！」なんてことが起きるので、自信がないなら黙っていた方がいい。

「私は育ちが悪くて敬語がうまく使えないし、あんたの直臣という体裁でくっついてるだけだから黙ってるわ」

「それは心細いな……」

広い廊下を歩きながら、ちょっと不安そうに私を振り返るリン王女。

私は言葉に出さず、これからの展開を考える。

国王は隠し子であるリン王女を「四つ名」に昇格させ、王族の正式なメンバーに加えようとしている。この子が邪魔者として暗殺されかけたことを考えれば、国王はリン王女を王位継承者に指名したいはずだ。

だとすれば、まずはリン王女を政治の世界に引っ張り上げる必要がある。実績も知名度もない彼女を、どうプロデュースしていくのか。

「お手並み拝見ね」

「だからそうやって背後から重圧をかけないでくれ……」

「殿下の話じゃないから、殿下は自分の思うままに振る舞いなさいな」

現国王にはあんまり有能なイメージがないから、どうにも心配だ。

何かあれば、私がこの子を守らないと。

一人の大人として。


そしてやはりというか、私の予想は悪い方向に的中していた。

「殺風景ねえ」

謁見の間に通された私は、小さく溜息をつく。

国王はこの後来るからいいとして、謁見の間を埋め尽くすはずの貴族や廷臣たちが一人もいない。

「普通ならここで、感動の対面を演出するんじゃないの?」

いろいろ考えてきて損した。

「さっきからノイエ殿は何を言ってるんだ?」

緊張してカチコチになっているリン王女の肩を、私は苦笑しながら揉みほぐす。

「殿下の政界デビューを盛り上げようって雰囲気じゃないから、ちょっとね」

私は現国王の手腕に期待するのをやめた。

これはどうやら本格的に、リン王女を国王にした方が良さそうだ。

私が謁見の間で溜息をつきながら控えていると、やがて国王グレトーが厳かに入室してきた。四十代ぐらいのおっさんだ。どうということのない風貌《ふうぼう》をしており、黒い髪以外はリン王女にあまり似ていない。

そして思った通り、侍従や官僚をほとんど同伴していない。書記官と衛兵だけだ。

「ええと……」

国王の第一声がこれだ。娘の名前を覚えていないらしい。

すかさず書記官がフォローに入る。

「リン・ランベル・ノイエ・テザリア王女殿下。こちらがテザリア連邦王国国王、グレトー・フォマンジュ・バル・ヴェスカ・ウルグ・バルザール・テザリア陛下におわします」

書記官のさりげないフォローに、国王が重々しくうなずく。

「うむ」

うむじゃないよ。娘の名前ぐらい覚えておきなさいよ。

「リンよ、こうして会えたことを嬉《うれ》しく思うぞ」

何をしらじらしい。

私はリン王女が逆上しないか不安だったが、もういっそここで怒りをぶつけても良いかもしれないと思っていた。フォローのしようはある。

しかし意外にも、リン王女はまんざらでもなさそうな顔だ。はにかみつつ、膝《ひざ》をついて礼をする。

「お久しゅうございます、父……いえ、陛下。リンにございます」

「うむ」

私はリン王女の小さな背中をじっと見つめ、あっけにとられていた。

怒らなくていいの？

困惑している間にも、謁見は進行していく。

「リンよ。この謁見を記念して、『四つ名』のそなたに新たな名を授ける。以降は『ファサノ』の名を付け加えるがよい」

テザリア語で「ファサノ」は「機織り職人たちの長」を意味する。古代の官職のひとつだ。

日本にも「刑部《おさかべ》」や「神部《かんべ》」などのように律令時代の官職が名字として残っているが、それと全く同じだ。「ファサノ」は「織部《おりべ》」に相当する。

だから今のリン王女は、「リン・ランベルの守・ノイエ・織部・テザリア」といったところか。

織部姓と同様、ファサノも伝統と格式ある名に過ぎず、実際の権限はない。本当に機織り職人たちの長を務めさせるつもりもないだろう。都市ごとに機織り職人の組合がある時代だ。

だからリン王女は「ランベル」という旧国名をもらったときと同じように、また無意味な名前をもらったことになる。

リン・ランベル・ノイエ・ファサノ・テザリアとなったリン王女は、恭しくお辞儀をする。

「ありがとうございます、陛下」

「うむ」

国王は立ち上がると、そのまま退室しようとした。

もう終わり？　クソ親父《おやじ》として娘に何か言うべきでしょ？　というか、まず詫《わ》びろ。土下座しなさい。

いろいろ言ってやりたいが、今の私は王女の従者に過ぎない。身分も低いから、発言も一切許されていない。

ここでの無礼は王女とカルファード家を危険に曝《さら》す。

しかしこのままでは、あまりにもリン王女が気の毒だ。それにリン王女を守る為《ため》には、領地なり軍権なりの役立つ力が必要だった。何の実権もないお飾りの名前ひとつではどうしようもない。

するとそのとき、リン王女が声を発した。

「あのっ、陛下！」

さすがに国王も立ち止まり、ちらりと振り返る。

「何だ？」

そっけない父親の態度にもめげず、リン王女は一生懸命に言葉を紡ぐ。

「こ、此度《こたび》の件では、こちらのノイエ・ファリナ・カルファード卿《きょう》に命を救われ、長らく世話になっております！」

「うん？」

心底どうでも良さそうな顔で、国王がこっちを見た。しょうがないので頭を下げる。心の中では「クソ親父」とつぶやく。

リン王女は必死に私の功績を讃《たた》えてくれる。

「ノイエ殿は我が恩人、王室の恩人です！　私には何の権限もありませんので、どうか陛下より恩賞を賜りますようお願いいたします！」

前々からこのことを頼むつもりだったのだろう。リン王女の言葉はスラスラと出てきた。

国王は軽く溜息《ためいき》をつき、こちらに向き直る。書記官がすかさず何か書類を差し出した。

それをチラリと見てから国王はうなずく。

「『三つ名』を許したはずだ」

「たったそれだけでは、テザリア王室は何と酷薄なのかと貴族たちが嘆きましょう」

リン王女が食い下がると、国王は眉《まゆ》をひそめた。

「お前ごときが王室を語るでない」

「しっ、失礼いたしました！」

頭を下げるリン王女。見ていて気の毒で、こうなったらもう無礼を承知で国王に一言言ってやろうかと思う。

だが国王はこう続けた。

「まあよい。リン、そなたにシュベルン家の領地・テオドール郡を与える。『テオドール』の名も与えよう。好きなように切り取って、その者に報いてやればよい」

シュベルン家？　テオドール郡？　聞いたことがあるような……。

しかしリン王女は慌てる。

「シュベルン家は母の実家で、すでに伯父上が相続なさっています！　その領地を私に与えるというのは⁉」

「もう外戚《がいせき》はこりごりなのでな。取り潰《つぶ》す」

国王は視線を前に戻すと、そのまますたすたと歩み去ってしまった。

おいおい。

私は心の中で、もう一度深い溜息をついた。

この王に玉座を預けておくのは確かに良くなさそうだ。引きずり下ろすしかない。

いずれは。

こうして私は王宮の客室で何度も溜息をつくことになったが、新しくもらった領地についてリン王女に聞いておく必要があった。

「殿下、テオドール郡ってのはあなたの故郷よね？　どこにあるの？」

「首都から西へ一コーグほどの場所にある。領地は少ないが、西への街道筋にあって軍事的にも経済的にも重要な土地だ」

テザリアでは王都周辺の領地は細かく分割されている。王都に近いだけで政治活動に有利だし、土地の格式も高いとされるからだ。広大な土地を与えなくても家臣は喜ぶ。

それに小領主ばかりにしておけば、単独で謀反を起こされても怖くない。

反面、王都の防衛という点ではまるで頼りにならないので、用心深いのも善《よ》し悪《あ》しだと思う。

そのシュベルン家の領地であるテオドール郡をもらうことになったリン王女、つまりリン・ランベル・ノイエ・ファサノ・テオドール・テザリアは、困ったような顔をしている。

「こんな形で領地を奪うことになって、伯父上に何と詫びれば良いのか……」

「妹と姪《めい》を追い出した外道に相応《ふさわ》しい報いが訪れただけよ」

リン王女の伯父には悪いが、領主になればリン王女は格段に力を増すことになる。

領内では領主が一番偉い。領内では国王ですら客人でしかなく、正当な理由なしに処罰することもできない。……ということになっている。一応。

「ただ問題は、自分の領地にいるシュベルン家当主をどうやって追い出すかよね」

なんせ正当な理由なしに処罰することができないのだから、国王の気まぐれで領地没収はできない。王といえども法には縛られている。

「あんたの父親、やっぱクソ野郎だわ」

「父上の悪口はやめてくれ。今日、やっと話ができたのだ。それはまあ、確かにあれはひどいと思ったけど、それでもやっぱりな……」

リン王女の横顔は、少し照れくさそうだった。

あんな父親でも、会えば多少は嬉しいものらしい。私には理解できないが、それが子供というものなのだろうか。

私は国王の悪口はやめにして、シュベルン領をどうやって分捕るかを考えた。国王のお墨付きは得られているから、要するに勝手にやれということなのだろう。

一応、リン王女に聞いておくか。

「殿下、伯父の領地を分捕る算段はついてる？」

「いや、どうするべきなのか全くわからない。自分が正しいと思えないときは、どうにも知恵が働かない」

善良で正直な王女だ。やっぱり嫌いになれない。

「じゃ、私に全部任せてね」

ここは薄汚い大人として、一肌脱ぐことにしよう。

外に出た私は、王宮前の広場で暇そうにしているベルゲンたち鉄騎団の傭兵《ようへい》に声をかける。

「全員私についてきなさい」

「戦か？」

何かを感じ取ったらしく、ベテラン騎兵たちは完全武装のまま愛馬にまたがる。

私も自分の馬に乗ると、腰の剣を確かめながら返事した。

「領地を奪いに行くわよ。綺麗《きれい》にやるつもりだけど、一応殺される覚悟はしておいて」

「わかった」

殺す覚悟の方は、今さら言うまでもない。

彼らは戦争の犬だ。そして私も。

「鉄騎団、出陣よ」


リン王女の母方の実家、シュベルン家。この一族が治めるテオドール郡は、王都から一コーグ……つまり二十キロほど西にあった。

歩くには少し面倒な距離だが、馬なら並足で半日ほどだ。

そしてテオドール郡に着くなり、私の奮闘が始まった。

「私はリン・ランベル・ノイエ・ファサノ・テオドール・テザリア王女の代理人、ノイエ・ファリナ・カルファードよ。テオドール郡における全《すべ》ての不動産と権限は、本日をもってリン王女のものとなったわ。退去なさい」

屋敷の門前で高圧的に宣言すると、もちろん領主はカンカンになって怒った。

「妙ちきりんな風体をした田舎者め！　『三つ名』がどの口でほざくか！　このテオドール郡はグルガン・イーツ・テオドール・シュベルンの土地だ！　失《う》せろ！」

カルファード領のアルツ郡と同じぐらいの領地なのに、ここの領主は「四つ名」だ。立派な中堅貴族ということになる。

だが我がリン王女は、今や堂々たる「六つ名」の王族だ。こちらも思いっきり強気に出てやる。

周囲はベテランの重騎兵たちが守っているし、怖いものなんかない。

王室発行の正式な書状を見せ、一気に畳みかける。

「あんたの姪が偉くなって帰ってきたのよ。邪魔だから出て行きなさい。命までは取らないわ」

「何だと……」

リン王女の伯父であるグルガンは、顔を真っ赤《まか》にして腰の剣に手をかける。額に光る『殺意の赤』は、赤紫色だ。

殺し合いなら望むところだが、私は一応警告した。

「領地召し上げは国王陛下直々の決定よ。楯突《たてつ》くなら一族皆殺しにされる覚悟はあるんでしょうね？」

「くっ……」

さすがに冷静になったようで、赤紫色だった光がスッと青くなる。

「だがノイエとやら、領地の没収には正当な根拠が必要だ。そんなものがどこにある？」

バカだわ。こいつ特上のバカ。

「あんたが『六つ名』の姫君を辺境の神殿に追いやったせいで、神殿ごと焼かれて死ぬとこだったのよ。暗殺者の集団に狙《ねら》われてね。陛下はお怒りよ」

最後のは嘘《うそ》だけど、娘を殺されかけて怒らない国王というのもどうかと思うので取り繕っておいてあげよう。国王の名誉の為《ため》だ。

グルガンから殺意が消えた。敵意の光だけでなく、顔色まで青くしてうめく。

「と、当時は『二つ名』に過ぎなかったのだぞ。シュベルン姓も名乗っておらんし、俺に保護の義務はない」

一応、筋は通っている。貴族というのはかなりのバカでも、弁だけは立つヤツが多い。弁論術が基礎教養だからだ。

だがとりあえず一蹴《いっしゅう》しておく。

「テザリア姓を名乗ってる時点で王族でしょ？　王族はテザリア貴族全員が忠誠を誓う相手よ。知らないの？」

「うっ……」

「形ばかりの『二つ名』のお姫様だと思ってたんでしょうけど、それが今は『六つ名』になってるのよ。六つ名を名乗れるのがどんな御方か、わかってるわよね？」

王妃や王子たち、王室の姻戚《いんせき》であり北テザリア最大の貴族でもあるツバイネル公など、国王の代理人を務められる者だけが「六つ名」を許される。

ただしリン王女の場合、六つの名のうち三つが単なるお飾りだ。残る三つのうち、二つがテザリア姓とファーストネーム。

実権を伴う名は、テオドール郡の支配者であることを証明する「テオドール」だけ。

実権を伴う名前は他の貴族が使用していることが多く、新設するにも時間がかかる。だから急いで名前を増やそうとすれば、こうなるのは当たり前だった。

だからこそ、この領地は絶対に奪い取る。兵を養うには領地が必要だ。

私は背後の鉄騎団に命令する。

「こいつは王族に対する不敬罪を犯した罪人よ。ここから追い出しなさい。抵抗するなら殺しても構わないわ」

リン王女が「テオドール」の名を賜った以上、これぐらいしても許される。国王の決定により、テオドール郡の支配者は交代したのだ。

重騎兵たちが軽やかにグルガンの背後に回り込み、騎兵槍《やり》の穂先で彼を取り囲む。グルガンが剣を抜いた瞬間、重騎兵たちは躊躇《ちゆうちよ》なく串刺《くしざ》しにするだろう。

私はもう一度、彼に選択の機会を与えた。

「今すぐ荷物をまとめて出て行くのなら手荒な真似《まね》はしないわ。リン王女殿下は慈悲深いから、あんたの動産までは奪わないわよ。家財一式持ち出して、とっとと失《う》せなさい」

さすがに無一文で貴族を放り出すのは封建社会のルールに反する。貴族の威厳を傷つけていると、いずれ平民たちが貴族を軽んじて牙《きば》を剥《む》くようになる。体面を傷つけない配慮は必要だ。

まあそれも、こいつが素直に言うことを聞けばの話だが。

私は最後に笑顔で問いかける。

「それともやっぱり、一族皆殺しの方がいいのかしらね？」

「くっ……」

四十騎近い騎兵を連れている私に対して、グルガンには数人の衛士しかいない。おまけに平時だから軽装だ。本格的な戦闘準備をしている傭兵たちが相手では、全く勝負にならなかった。

『殺意の赤』が青くなったり紫になったりした後、とうとう最後にグルガンはうなだれる。

「わかった……明後日《あさって》の昼に出ていく」

「明後日ね。いいわ」

本音を言えば、もう少し早く出ていって欲しい。二日あれば郷士隊を組織してこちらに対抗することもできてしまう。

しかし貴族の家財道具を運び出すのは大仕事だし、二日は欲しいだろう。認めない訳にはいかない。

「行くあてはあるの？」

「妻の実家に身を寄せるしかないだろう。もう放っておいてくれ」

苦々しげに言うと、グルガンは衛士たちに付き添われて屋敷に戻っていった。


私は近くの宿場町に鉄騎団と共に滞在し、軽騎兵を伝令としてリン王女に送る。残りの軽騎兵は警戒と監視に充てた。

リン王女とは直接対面させない方がいいので、屋敷の接収までは私が全て指揮することにする。

「まずは近隣の村々を回って、有力者たちにリン王女の凱旋《がいせん》を伝えないとね」

「情報をばらまくのか、ノイエ殿？」

ベルゲン団長の問いに私はうなずいた。

「リン王女殿下はここの出身だから、領民たちは殿下の素直な人柄を知ってるわ。その彼女が国王陛下の後ろ盾を得て、『六つ名』の堂々たる領主として帰還するのよ。当代のグルガンに忠義立てして王女殿下に反抗する理由はないでしょ？　グルガンは実妹と姪を追い出すような冷酷な男だし」

「なるほど。そう言って説得して回る気か」

ベルゲン団長は深くうなずき、ニヤリと笑った。

「よし、あんたの演出に一役買おう。重騎兵の中でもとびきり威圧感のある連中を連れていってくれ」

「あら、ありがと。またお給金弾まなくっちゃ」

私とベルゲン団長は笑い合う。


そして二日後。

「潔く出て行ったわね」

ガラガラと馬車が去っていく。使用人の一部も屋敷を去るようで、馬車の前後を歩いていた。

馬車を見送った後、私は背後を振り返る。

「で、なんであんたがここにいるのよ？」

シュベルン家当主グルガンが、ガックリと地面に座り込んでいた。

「離縁された……」

どうやら妻子に見放されたらしい。

リン王女から聞いた話では、グルガンの妻子はリン王女とそこそこ良好な関係だったという。しかしグルガンだけがリン王女の追放を強硬に主張し、当主の権限で辺境の神殿に追い払ってしまった。

　そして今回このような事態を招いたので、奥さんと子供たちが怒ったらしい。

　奥さんにしてみれば、子供たちが領主になる未来が奪われたのだ。原因は夫のやらかしたことにあるので、矛先は当然そちらに向かう。たぶん夫婦仲も今ひとつだったのだろうなと勝手に想像する。

　私は肩をすくめるしかない。

「自業自得ね」

　グルガンは畑の柵《さく》にもたれたまま、空を見上げている。

「もういっそ殺せ……」

「自分でおやりなさいな。私は暇じゃないの」

　私は懐をごそごそやって、金貨の入った小袋を放り投げた。

「どこかの神殿にそれを寄付して、住まわせてもらいなさいな」

　清従教の神殿に全財産を寄付すれば、神殿の住み込み雑用係として生活させてもらえる。

　寄付額が高ければ待遇も良くなり、お客様扱いになる。サノー神殿にいた頃《ころ》のリン王女も要するにこれだ。

　グルガンは金貨袋を手に取り、よろよろと立ち上がる。

「意趣返しという訳か」

「あんたに興味はないし、そんなつまらないことしてるほど暇じゃないのよ。領地を没収された上に王室から睨《にら》まれてる貴族なんて、世俗の者は相手にしてくれないでしょ」

世間から弾《はじ》き出された者を拾ってくれるのは、神殿か犯罪組織ぐらいなものだ。どちらも「世間」の枠の外にある。

グルガンは私をじっと見て、ぼそりとつぶやいた。

「後悔するぞ」

私は笑う。

「楽しみにしてるわ」

リン王女には私の心を動かすだけの器があった。しかしこの男には何もない。妻子に見捨てられるような男だ。ツバイネル公の走狗《そうく》に成り果てる可能性はあるが、可能性だけで殺すのも気の毒だった。

こうして領地を奪われたグルガンは、ひっそりとテオドール郡を去った。

後に私が調べたところ、辺境の神殿で静かに隠居生活を送っているようだ。今のところは、だが。

今後も定期的に監視はしておく。

貴族のこんな末路も、このテザリアではよくある話だった。

もちろん他人事《ひとごと》ではないので、せいぜい私も気をつけるとしよう。

鉄騎団の半分を迎えに出して待っていると、リュナンがリン王女を護衛してやってきた。

私は馬を並べ、リン王女を案内する。

「故郷にお帰りなさい、殿下。ここから見える全《すべ》ての土地は殿下のものよ」

リン王女は馬車から降りて、少し眩《まぶ》しそうに故郷の景色《けしき》を見渡す。目は微《かす》かに潤み、頬は紅潮していた。

「何から何まですまないな、ノイエ殿。いつも本当にありがとう」

「どういたしまして」

自分でも「長靴をはいた猫」みたいだなと思う。

カラバ侯爵……ではなくリン王女は、こうして無事に領主になった。

それはいいのだが、このお姫様はまた妙なことを言い出す。

「では本日よりノイエ殿に領地の経営を全て委任する。テオドール郡全体の代官として思うがままにやってくれ」

「丸投げじゃない。まあいいけど」

リン王女は困ったように笑って、軽く頭を下げた。

「領地経営ならノイエ殿には確かな実績があるだろ？　ここは私の生まれ故郷、おじいさまたちが代々守ってきた大事な領地だ。大事な領地だからこそ、ノイエ殿にお願いしたいんだよ」

「あら、そう言われちゃうと張り切っちゃうわね」

彼女は人をおだてるのがなかなか上手だ。意外と良い女王になれるかもしれない。

「どのみち領地の経営なんて雑用は王の仕事じゃないわね。殿下はまず歴史や神学や兵法を学びなさいな。モノを知らない王じゃ、正しい判断はできないものね」

「わかった」

それぞれに役割がある。私の仕事は領地から利益を得て、それで兵を養うことだ。


リン王女の付き添いはユイに任せ、私はリュナンと実務に取り掛かることにした。

シュベルン家から引き継いだ帳簿を点検し、税収や人口などを細かくまとめていく。

「兄上、さすがに旧家だけあって記録が多いですね」

「それはいいんだけど、悪い意味で慣れが目立つわ。記録が大雑把すぎるし、記録ミスっぽい変な数字がぴょこぴょこ出てくるもの」

「そうですね。これ全部チェックするの大変ですよ」

表計算ソフトがあれば……。こういうときは前世が懐かしい。

帳簿のミスを拾い集めながら、リュナンがふと思いついたように言う。

「鉄騎団の幹部さんたちは読み書きが達者そうですから、彼らに手伝ってもらうのはダメですか？」

「鉄騎団は家臣じゃなくて傭兵《ようへい》よ。傭兵としての業務以外をさせるのは契約違反だわ」

「兄上ってそういうところ、凄《すご》くきっちりしてますよね？」

テザリアではコンプライアンス重視の貴族は少数派かもしれない。しかし二十一世紀の日本で、しかも雇われる側だった私にとっては、ここは譲れない線だ。

「平民は貴族の横暴を常に恐れているわ。だからこそ、契約をきちんと守るだけで好印象になるの。もちろん場合によりけりだけど」

善人面ばかりもできないのがこの世界の辛《つら》いところだ。みんな遵法精神が非常に乏しいので、お行儀良くしていると足をすくわれる。

黙々と書類整理に励んでいると、リュナンが帳簿を調べながら溜息《ためいき》を漏らした。

「農業収入が少ないですね、兄上。アルツ郡よりだいぶ見劣りがします」

「小麦ばっかり作ってたら、そりゃそうでしょうよ」

テオドール郡は近くに王都という巨大な胃袋があるので、小麦さえ作っていればだぶつくことはない。

しかし小麦粉の相場は安定しているので、そこまで儲《もう》からない。農法も現時点の技術レベルの限界まで改良されている。技術革新が起きない限り、大きな飛躍は望めなかった。

「化学肥料でも作れたらいいんだけどねえ」

「何ですかそれ」

「調合で作る肥料よ。専門知識と大がかりな設備が必要だから、どのみち無理だけど」

ないものねだりをしても始まらない。化学は無理でも農学や経済学なら多少わかる。そっちで何とかしよう。

「カルファード領から何か作物を持ってこようかしら」

「定着させるまでに何年もかかったんですよね？」

「そうなのよ。作物ごとに好きな土が違うから」

土壌の性質がテオドール郡とアルツ郡ではたぶん違う。それに気候も違う。こっちは寒い。

土壌の改良と生育方法の微調整が必要だが、あの面倒な作業をもう一度やっている時間はない。

さっさと兵を整えて、王太子に対抗する軍事力を持たなくては。

「まあ農民たちの説得も大変だし、農業は現状維持でいいわ。今年の税も免除ね」

「いいんですか？」

リュナンが顔を上げたので、私は肩をすくめてみせる。

「農民たちは領主が代わったことで多少は不安を感じているのよ。リン王女がかつてのイメージ通りに良い人物だってことを、手っ取り早く理解してもらわないと」

それにこのテオドール郡は、王都近くの街道筋に位置している。年単位で取り組む必要がある農業改革よりも、もっと楽な収入源があった。

「前領主のシュベルン家が、街道に関所を作って徴税しているのよ」

「ああ、通行税で稼ぐんですね」

リュナンが納得したように手を叩《たた》いたので、私は首を横に振る。

「関所は廃止するわ」

「なんで⁉」

訳がわからないという顔をしているリュナンに、私は説明してやる。

「収益と実際の通行量を見た感じ、通行税の徴収率が低いのよ」

「どういうことです？」

「要するにみんな、関所を迂回《うかい》しているの。たぶん裏道を通ったり、徴税人を買収したり、なんかいろいろしてるんでしょ。みんな税逃れは真剣に頑張るから」

遵法精神なんか持ってても役に立たない世界なので、こういうところの酷《ひど》さは前世の比ではない。

「挙げ句の果てに森に迷い込んで盗賊や狼《おおかみ》の餌食になったりするから、こんな関所は不幸の種ね」

「でも兄上、通行税はテザリア王室が認めた領主の特権ですよ？　カルファード家でも橋を通る荷車からは徴収してますし」

重い荷車は迂回できないから確実に徴収できるし、橋を傷めるからきちんと徴収しないと修理費が足りなくなる。

「まあまあ、私に任せておきなさいな。うまくやるわ」

「兄上がそう仰《おつしや》るのでしたら安心ですね！」

いきなり態度が変わった。リュナンのこういうところが少し心配だ。

帳簿を見る限り通行税の徴収額はそこそこだが、これは別のところでもっと払ってもらおう。

「で、どうやるんですか？」

「領内の宿場を整備するわ。そうね、とりあえず洗濯場を増築しましょう」

「そんなお金にならないことして大丈夫ですか⁉」

「大丈夫、お金になるのよ」

庶民の財布を気持ちよく開かせる方法なら、そこらの貴族よりは詳しい自信がある。

私は宿場町の顔役たちを呼び出し、次のように指示をした。

「今後、あんたたちの宿に泊まるお客には無料で洗濯のサービスをしてあげなさい。それと荷物の長期預かりもね。サービス導入に必要な費用は王女殿下が補助してくださるわ」

「そんなことしてどうするんです？」

宿を経営する顔役たちが不安そうな顔をしているので、私は説明する。

「通行税の徴収をやめたから、今後はこの街道を通る人が増えるわ。無料の街道があるのに、迂回して山道を歩く馬鹿はいないでしょ。ただ、人が通るだけじゃお金は落ちてこないわよね？」

「ええ、それは確かに」

「泊まってもらわないといけませんから」

顔役たちがうなずいたので、私もうなずく。

「そうなのよ。そこで足止めのための洗濯サービスね。客は服が乾くまで出発できないから、滞在日数が一日延びるわ」

「あー、なるほど……」

「しかしそんなに洗濯しますか？」

顔役の一人が首を傾《かし》げる。

私の前世と違い、この世界ではあまり洗濯をしない。理由はいろいろある。洗い替えの衣類が足りない、衣類が傷む、水が貴重……。

だが私には勝算があった。

「テオドール郡は都に近いでしょう？　都に行く旅人は商人や役人に会う用事が多いから、汚れたままじゃ具合が悪いと思うのよね」

都に入る前に身綺麗《みぎれい》にしておきたいと思うのは人情だ。薄汚れた格好だと都の富裕層に馬鹿にされるし、追《お》い剥《は》ぎや詐欺にも遭いやすい。

「で、洗濯ついでに預かり物もしてあげるのよ。身軽になりたいのが旅人の常だわ。ここに荷物を預けた旅人は必ずここに戻ってくるでしょ？」

「帰りも泊まってくれる、ということですか」

「ええ。ここならまた洗濯してくれるしね」

私も前世で長期の出張をしたとき、コインランドリーとコインロッカーにはずいぶんお世話になった。王都に来るときも服の洗濯をどうするかで悩んだから、きっといけるはずだ。

洗濯場ぐらいのインフラ整備なら費用も大したことはないし、失敗しても痛くはない。

「宿場町の発展に尽力して、前の領主のときよりも儲けさせてあげるわ。だからあんたたちも税金は納めなさいよ。その税収は宿場の発展にも使って、もっと儲けさせてあげる」

「そりゃいいですな」

「きちんとお納めしますので、ぜひよしなに……」

顔役たちが頭を下げる。殊勝な態度だ。本心がどこにあるかはわからないが、おおかた「変な格好の若造だが、まあお手並み拝見といこうか」ぐらいに思っているのだろう。それでいい。

通行人から税を取るより、地元で商売をやっている連中から税を取った方が確実だ。彼らにとって脱税のリターンはリスクに合わない。領主に睨《にら》まれたら確実に破滅するからだ。

だから彼らを儲けさせてやって、その利益を彼らと分かち合おう。

言うほど簡単ではないけれども。


宿場町の顔役たちが帰った後、リュナンが私に話しかけてきた。

「兄上、今度は宿場の税収で軍資金稼ぎですか？」

「ええ。農業で稼ぐには年単位で時間がかかるから間に合わないわ。付加価値のない作物は作りすぎても値下がりするだけだし」

私は窓辺に歩み寄り、館《やかた》の外に広がる景色《けしき》を見つめた。

「戦争は金がかかるわ。まともに戦える軍隊を買うには、まだまだ資金が足りてないの」

「戦争ですか……」

リュナンの心配そうな声に、私は苦笑してみせる。

「まだその気配はないし、そうならないに越したことはないけどね。ただ、今のうちに準備しておかないと悔いることになるわ。首が胴体から飛んで行く瞬間に悔いても遅いのよ」

そう言って、私は自分の首筋にトントンと手刀を当てた。

「避けられない死に直面したときには、誰《だれ》もが人生をやり直したいと思うでしょう？　でも今ならいくらでもやり直すことができるわ。だったら今、手を尽くすべきよ」

リュナンは感心したようにうなずく。

「兄上のお言葉は妙に説得力ありますね」

「でしょ？」

避けられない死に直面した経験がありますから。

＊　＊　＊

【焼失した神殿と消失した記録】


私は再び、カルファード領のサノー神殿に足を踏み入れていた。

神殿の建物は焼け落ち、石柱や石壁は非常に脆《もろ》くなっている。建物はすっかり焼けているが、庭園や畑、それに裏手の墓地には被害はなさそうだ。

（随分『綺麗に』燃えているな……）

まるで建物の全焼を待ってから素早く鎮火したかのようだ。

建物の崩落に用心しつつ、私はフードの奥から焼け跡をじっと見つめた。

（やはりな）

私は焦げた床や壁を何度も確かめ、スッと目を細める。

（火元は祭具倉庫か。火の気のない場所が一番激しく燃えているということは、おそらく放火だな）

神殿で火災が起きるのは通常、台所や祭壇だ。日常的に火を扱う場所は火災が起こりやすい。しばしば書庫でも起きる。燭台《しょくだい》の灯《ともしび》が蔵書に引火するのだ。

しかし祭具倉庫からの出火はかなり珍しい。火を扱う場所ではない上に、普段は人の出入りがほとんどないからだ。

もちろん失火の可能性も皆無ではない。私はもう少し検証を進めることにした。

（やはり失火にしては不自然だ）

火の燃え広がり方がおかしい。火元が複数ある上に、壁が外側から燃えている。

やはり放火で間違いない。それも偽装工作を知らない、素人《しろうと》の放火だ。破壊工作の専門家ならもっとうまくやる。

私が確信を抱いたところで、背後からおずおずと声がかかる。

「あ、あの……神官様」

近くの村人たちだ。ここを案内してくれた。

私は自分の喉《のど》にそっと触れ、意識を集中させた。

（低く濁れ、我が声）

祈りと共に喉が熱くなり、私は低い男の声でしゃべり出す。

「うむ。これだけ燃えてしまっていては、当面使い物になるまい」

南テザリアの訛《なま》りを交えた、中年男性の声。清従教神官のフードを目深に被《かぶ》っているので、村人たちに私の顔は見えていないはずだ。

私はそのまま、中年男性の声でしゃべり続けた。

「サノー神殿に関しては、再建の見通しが立つまでこのままになるだろう。小作人どもも逃げ出してしまったようだしな」

その言葉に村人たちが微《かす》かに動揺している。曖昧《あいまい》な笑みでうなずいていた。

（逃げた小作人は、おそらくこいつらだな）

神官たちがいなくなったから、領主側に鞍替《くらが》えしたのだろう。強い庇護《ひご》者がいなければ農民は生きていけない。

神殿の件なら、私の主君がうまくやっているはずだ。清従教が困ろうが知ったことではない。

私はそのまま中年の男性神官のふりを続ける。

「私が今日ここに来たことは領主殿には報告しても構わん。ただ、今回は内々の調査なのでな。挨拶《あいさつ》はまた次の機会にとお伝えしてくれ」

「へ、へい」

さて、彼らがどう出るか。

もし元小作人たちが口封じに襲ってくるようなら、全員殺すしかない。たかだか四人程度の農民、殺すのに大した手間はない。

だが無駄な殺しは避けたかった。死体を作ると後片付けが必要になる。

幸い、元小作人たちはおとなしかった。かなりビクついてはいるものの、襲ってくる気配はない。

（教団を裏切った割におとなしいのは、彼らが追い詰められていないからかな？）

領主が元小作人たちをガッチリ庇護しているのだと考えれば、彼らの態度も納得がいく。何かあっても領主が守ってくれると信じているから、よけいな争いを起こさないのだろう。

（だとすれば、カルファード家の手腕はなかなかだな……。警戒が必要か）

報告すべきことがひとつ増えたので、ちょっと嬉《うれ》しい。

（しかしそうなると、御前の計画には少々不都合かもしれない）

最終的に決めるのは私の主君だが、主君が私に求めている役割は単なる「目」ではない。「考える目」だ。

見たままを報告するだけなら誰でもできるが、重要な情報を見逃さず、さらに分析して報告する高度な任務を求められている。

（御前の厚遇に報いる為《ため》にも、ここは私が頑張らねば）

フードを深く被ったまま、私はサノー神殿の廃墟《はいきょ》を後にした。

＊　＊　＊

「サノー神殿に清従教の神官が来たらしいわ」

私は故郷からの手紙をリン王女に見せた。

リン王女は史学の教本から顔を上げ、手紙を読む。

「荘園を返せと言ってきたのか？」

「いえ、それが焼け跡だけ確かめて帰ったそうよ。妙だわ」

「そうかな？　ただの調査だったんだろう？」

リン王女がのんきなことを言っているので、私は首を横に振る。

「教団にとって荘園は大事な収入源よ。信者の寄付だけでまかなえるほど、教団の財政は楽じゃないものね」

貴族からの大口の寄進もあるし、蓄えた金や土地を貸し付けて利益を得たりもしているが、農地からの収益は教団の財政にとって重要な柱だ。

「もともと自分たちのものだったのに、あっさり手放したりはしないわよ。土地は富、富は力だから」

今の我々には、不自然に見えるものは全《すべ》て警戒する必要がある。知らないところで何かの陰謀が動いているかもしれないからだ。

「だから本物の神官たちは、もっとがめついわよ。土地を返せと言って、ベナン村の農地まで持っていきかねないわ」

「神に仕える身とは思えないな……」

「しょうがないわ。貧しい信者の救済にも、布教活動にも、財力はどうしても必要よ。貧乏で頼りない教団じゃ、信じる教義も実践できないもの」

清従教団が腐敗しているのは事実だが、やむを得ない部分もあった。

この世界には本物の魔法が存在するが、神官たちは魔法を使えない。

神の力の及ばない世界で神の威光を知らしめるのは楽ではない。世俗に介入する力が必要だ。どうしても金と権力が必要になる。場合によっては武力も。

私は腕組みして考える。

「その神官、最初はこそこそしてたらしいし、領主である父上にも挨拶していかなかったそうよ。どうも偽者っぽいわね」

偽者だとすれば、正体は何者なのか。さすがにそこまではわからない。

可能性として最も高いのはツバイネル公の手先だが、断定はできなかった。

ただ、神官に偽装した何者かがサノー神殿の焼け跡を調べていたのは事実だ。それだけで十分に警戒する必要がある。

「もしツバイネル公の配下だとしたら、あなたはツバイネル公に相当警戒されてることになるわ。用心なさいな」

「用心って、具体的にはどうすればいいんだ？」

いい質問だ。どうしようもない。相手が悪すぎる。

仕方ないので、できる範囲での自衛を促しておこう。

「身辺警護は鉄騎団にやらせてるけど、着替えや清拭《せいしき》はユイと二人きりでしょ？　そのとき暗殺者に襲われたら危ないわ。配下に女性の兵士がいないから仕方ないけど、なるべく手早くね」

「わかった。何ならノイエ殿が同席してくれてもいいぞ」

真顔でリンがそんなことを言うので、私は呆《あき》れる。

「私、これでも男よ？」

「私は気にしないぞ。ノイエ殿なら信用できる」

「う、うーん……」

そんなにきっぱりと断言されても困る。信頼されるのは嬉しいが、そういうのは困る。

それにリン王女が暗殺される可能性は以前より低くなっている。

「ま、私が清拭にまで付き合う必要はないでしょ。『六つ名』の王女が暗殺されれば歴史に残る大事件になっちゃうから、王室の権威を利用したいツバイネル公にとっても不都合ね」

「ああそうか、王室の名誉とかも絡んでくるよな。偉くなるのって大変だなあ」

今の彼女は、テザリア貴族でも最高クラスの「六つ名」。王女に相応《ふさわ》しい格式を与えられている。徐々にその名も知られるようになった……はずだ。

もしリン王女が死ねば病死や事故死でも大騒ぎになり、世間が注目する。不審な点があればすぐに噂《うわさ》になるだろう。権威失墜を防ぐために王室も動かざるを得ない。

リン王女が笑いながら上着を脱いでいる。

「ノイエ殿は男性なのに、妙な安心感があるな」

「言葉遣いと長い髪のせいでしょ……」

「いや。ノイエ殿には私を安心させる人徳があるんだと思う。ノイエ殿は他の人とは何かが違う。だから好きだ」

真顔で彼女にそう言われると、なんだか照れくさくなってしまう。

私はそそくさと彼女の靴下やシャツを拾った。

「嬉しいこと言ってくれるけど、あんまり心を許しちゃダメよ？　私は私、あなたはあなたなんだから」

「そういうところが信用できるんだ」

「そ、そう？」

だから真顔で言わないでってば。

＊　＊　＊

【エリザの報告】


「検分の結果、聖サノー神殿の焼失は放火でほぼ間違いありません。それも素人《しろうと》の手口です。やったのは元小作人でしょうが、命じたのはカルファード家でしょう」

私が報告すると、我が主《あるじ》は無言のままこちらを見た。「根拠を言え」ということなのだろう。私は緊張しながら続ける。

「放火はともかく、書類上の隠蔽《いんぺい》工作が巧みすぎます。農地台帳の偽装と小作人名簿の隠滅、そして徹底した箝口令《かんこうれい》。いずれも領主の力なくしては不可能です」

我が主はぼそりとつぶやく。

「良い手際だ」

「恐れ入ります」

褒められたようだ。ちょっと嬉しい。

しかし我が主は首を横に振る。

「お前ではない。カルファード家の対応だ」

褒められた訳ではなかった。残念だ。少し落ち込む。

だが我が主は私の心情など知らぬかのように、静かに問いかけてくる。

「当主ディグリフは切れ者と名高いが、領地から動いていない。リン王女に同行した三人の子について、情報はあるか」

「はい」

帰路に王都周辺で聞き込みをしてきたので、情報はそれなりにある。

「嫡男のリュナンは、素直で聡明《そうめい》な少年とのことです。領民にも礼儀正しく親切で、悪い噂を全く聞きません」

我が主は無言だ。こんな情報はお気に召さないらしい。嫡男に興味がないのは予想外だった。

「末娘のユイは落ち着いた気配り上手で、リン王女の侍女として仕えているようです。リン王女は歳《とし》の近いユイを気に入り、親友のように接しているとか」

やはり我が主は無言だ。何がいけないのだろうか。

二人とも嫡流であり、しかもとても評判が良い。リン王女の力になっていることは間違いない。

不思議に思いながらも、三人目の情報を出す。

「嫡流ではありませんが、長男のノイエという者もいます。女言葉を使う変わり者で、見た目も変わっているとか。ベナン村の村民たちの評判は良好ですが、他ではあまり良い噂を聞きません。前領主グルガンを追い出したのもノイエだそうです」

「それだ」

不意に我が主が声を発した。

「えっ⁉」

「なぜその情報を最初に出さない。時間の無駄だろう」

「ええっ⁉」

ノイエが本命？

しかし彼は家督の相続権を持っていない。リン王女がカルファード家の支援を受けていることは明白だが、そのカルファード家を継ぐのはリュナンだ。

　私が戸惑っていると、我が主はイライラしたように口を開く。

「女言葉を使う変わり者の庶子で、自分が治める村では評判が良く、他では良い噂を聞かない。それなのに出来の良い弟や妹と共にリン王女に付き従っている。おかしいとは思わないのか？」

「わ、わかりません」

　うなだれる私に、我が主は追い打ちをかけるように言う。

「カルファード家当主の立場になってみよ。王女が家運を握っているのだ。下手《へた》な身内を王女に付ける訳にはいかん。さほど注目されていない一介の庶子を、わざわざ王女につける理由は何だ？」

　一気に畳みかけられて、私は軽く混乱する。だが急いで返答しなくては。

「つまり……。それだけの何かを持つ男ということでしょうか？」

「そうだ。三人の能力が同程度なら嫡流の次男と末娘だけでよい。だが血筋や評判だけでは成り上がり者の王女を支えきれぬ。参謀の知略が必要だ」

　我が主は腕組みし、目を閉じる。

「ノイエか。前領主をあっさり追い出した手際といい、少し調べる必要があるな」

「ではノイエの身辺を探ってみましょうか？」

　だが我が主は即座に却下する。

「いや。直接出向いて調査するお前のやり方は、ノイエのような策士とは相性が悪い。おそらくサノー神殿の件もノイエの耳に入っている。偽神官だと見抜かれているはずだ。すでに身辺を警戒しているだろう」

「まさか⁉」

あれだけ念入りに偽装したのだ。証拠も何も残していない。バレるはずがない。

しかしこういうときの我が主の推察は、恐ろしいほどよく的中している。テザリア随一の謀略家だ。

「それで今、リン王女は何をしている？」

「はい、領地経営に力を入れているようですが、苦労しているようです。領内の宿場の共同洗濯場を改築したかと思えば、急に関所の廃止を決定したりと、場当たり的な策が目立ちます」

「いや、むしろ王女の策にしては世間慣れしている。動きが早いな。おそらくノイエの策であろう」

我が主はそっけなく否定したが、それ以上説明してくれなかった。

しかし普通、領地経営といったら税収を増やすためにやるものだろう。共同洗濯場を改築したところで税収が増えるとも思えない。しかも関所を廃止すれば税収が途絶える。

私は困惑したが、我が主の思索を邪魔すると命にかかわる。黙って見守るしかない。

「ふむ……」

我が主はしばし黙考し、それからこう言った。

「才気溢《さいきあふ》れる者は往々にして野心家だ。だがノイエの動きからは野心が感じられん。まだ何かある。であれば、こちらが為《な》すべきことは明らかだ」

我が主は粗悪な紙に安物のインクで、「アパディス産の塩漬け肉」「五号釘《くぎ》七本」などとメモを記していく。全《すべ》て暗号だ。

紙やインクが劣悪なのも、記した人物の身分を誰かに悟られない為《ため》だ。上質な紙やインクを使えば、貴族が書いたものだとすぐに露見する。

あの暗号が何を意味しているのか、私も部分的にしか知らない。もし全て知れば殺されるだろう。我が主はそういう人物だ。

私は再び黙り、我が主の挙動を見守る。

暖炉で薪《まき》がはぜる音だけが室内に響き、私は沈黙のうちにいろいろ考える。

我が主は今、リン王女が国王の手札としてどのように切られるか、様々な状況を検討しているはずだ。

と同時に、リン王女やカルファード家がどのように動くかも考えている。彼女たちは彼女たちで、自分の人生を生きている。国王の思い通りにはならない。

それだけに考えることは多岐にわたる。

そんなところだろう。

やがて我が主が不意に口を開いた。

「今以上に警戒せねばならんな」

「はっ」

どうやら監視を続行するらしい。リン王女の暗殺は……さすがにもう無理だろう。「六つ名」になり、テオドール郡の領主にもなった今、リン王女を殺害すれば大事になる。

我が主が私の思考を見透かしたようにつぶやく。

「暗殺というのは本来、下策の下策でな。証拠を残さずとも、誰《だれ》が殺したかは皆が気づく。口に出して言う者はおるまいが、血塗《まみ》れの我が手を皆が見ることになるだろう。それは得策ではない」

「はっ」

今この状況でリン王女を暗殺する理由があるのは、我が主の勢力だけだ。もし本当に事故や病気でリン王女が死んだとしても、確実に我々が疑われる。

「生者を死者に変換することは、お前の力をもってすれば容易だ。しかし死者を生者に復帰させることは誰にもできぬ。不可逆的な反応を起こすときは、慎重にも慎重を期さねばならん」

「はい、御前」

私への戒めなのだろう。

ところで私は次に何をすればいいのだろうか。

そう思っていると、我が主は私に金貨袋を投げてよこした。

「お前には別命を与える。お前にしかできぬ仕事だ」

ということは、完全な裏の任務だ。決して王室やカルファード家に気づかれてはならない仕事になるだろう。

私は頭を下げる。

「我が主の名が決して表に出ぬよう、細心の注意を払います」

「そうだ、それでよい。お前には期待している」

「はっ」

あれ？　もしかして今度こそ誉《ほ》められたのだろうか？

だとしたら、今日はとてもいい日ということになる。

私は我が主の顔をチラチラ見てみたが、深い皺《しわ》が刻まれた横顔からは何の表情も読み取ることはできなかった。

誉められた……のだろうか？

気になる。

だがぐずぐずしていてはお叱《しか》りを受ける。今は悩んでいないで仕事をしよう。

ちゃんと誉めてもらう為にも。

＊　＊　＊

「おい、エバンス、ジョッシュ！　そっち行ったぞ、左翼騎兵突撃！　半包囲で一気に叩《たた》け！」

ベルゲン団長の怒声が響くと、騎馬傭兵《ようへい》たちの動きが目に見えて鋭くなる。的確な指示と、それを瞬時に実行する手腕。プロの仕事だ。

今、私たちは街道沿いに出没する盗賊団を討伐している。

治安の悪いこの世界では、都市の城壁から出れば無法地帯だ。

「盗賊と村人の区別が曖昧《あいまい》なのも、ちょっと困ったもんよねえ……」

山菜取りの感覚で山賊行為を働く連中もいるので、遵法精神も何もあったものではない。

とにかく取り締まってやめさせないとダメだ。旅人の財布から銅貨を貰《もら》うのは我々なのだから。

しかし布告程度では言うことを聞かないので、こういう方法になる。

そのうちに森が静かになる。どうやら片付いたらしい。ベルゲンたちが戻ってくる。みんな無傷だ。

「ノイエ殿、命令通り『適当に追い散らして』おいた。こちらの本気を見せつける為に槍《やり》でつついたが、死にはしてないはずだ」

「そう、ならいいわ」

懲りてくれればそれでいいので、処罰する必要はない。勾留や裁判にも手間と費用が必要になるが、リン王女にそんな余裕はない。

これぐらい叩いておけば、数ヶ月はおとなしくしているだろう。

ベルゲンが簡単な報告をしてくれる。

「ありゃたぶん近所の農民だな。傭兵崩れとかじゃない。土地勘はあるが、武装も動きも素人《しろうと》丸出しだ。あんたの見込み通りだな」

「農民にとっては旅人は客じゃないでしょうけど、小遣い稼ぎに山賊行為ってのは困るのよね。二度とバカな真似《まね》をしないように、しっかり痛めつけておかないと」

するとは傭兵たちが笑う。

「あいつら泣きながら逃げ回ってたから、懲りたと思いますよ」

「棍棒《こんぼう》もナイフも投げ捨ててな！」

「それにどいつもこいつも、背中が血塗れで真っ赤《まか》になってましたから！」

荒っぽい連中だ。

まあでもテザリアの価値観では、かなり丁寧で穏当な仕事と言えるだろう。私の前世の価値観では、この世界全体が荒っぽい。

だから私は苦笑する。

「御苦労様、いい仕事ぶりね。お手当を弾まないと」

「おっ、払いがいい旦那《だんな》は好きだぜ」

ベルゲンがニヤリと笑ったので、私もニヤリと笑う。

「その為にも、街道の安全は守らないとね。引き続き街道の警備をお願いするわ。盗賊もそうだけど、密偵らしいのがいたら教えて」

「了解、代官様」

傭兵たちが馬上で一斉に敬礼した。

そこにリュナンが馬でやってくる。彼はアルツ郡の次期領主なのに、テオドール郡の領地経営を手伝ってくれている。

いいのかなと思うが、当人は領主として経験を積めるからと気にしていない。

「兄上、国王陛下からリン王女殿下に使者です！」

「あら、どういう風の吹き回しかしら」

あのネグレクト親父《おやじ》、娘に領地を投げつけてからは知らん顔をしていた。国王からは父親としての愛情を感じられない。

とはいえ、クソ親父でも国王だ。リン王女は従う義務がある。

「すぐに戻るわ。ベルゲン、後はお願い」

「任せときな、ノイエ殿」

＊　＊　＊

【テオドールの農民たち】


「じいちゃん、さっきネッシュさんとこの兄ちゃんとかが血塗れで帰ってきたって」

少年の言葉に、老いた農民は手を止める。だがすぐに水路の掃除を再開した。

「はん、森の中に隠れ家まで作って追《お》い剥《は》ぎなんかするからだ。少しは懲りただろうよ」

老人はからから笑いながら、水路の落ち葉や枝を取り除く。

少年は首を傾《かし》げる。

「じいちゃんも昔やってたんじゃないの？」

「違う違う、俺がやったのは落ち武者狩りだ。それも当時の領主様の命令でな。あんなゴロツキどもと一緒にすんじゃねえ」

老人はぶつくさ言うと、手を休めて額を拭《ぬぐ》った。岸に植えられた木に寄りかかる。

「すぐ先に宿場があるからな、街道を荒らせば領主様が黙っちゃいないさ。グルガン様のときが緩すぎただけだ。お前もああいう連中とは付き合うなよ？」

「うん、わかった」

少年がこっくりうなずいたとき、畑の向こうから中年の男性がやってくる。

「おーい、ボーネン爺《じい》さん！」

「なんじゃい村長。うちの息子たちは追い剥ぎなんかやっとらんぞ」

するとと村長は汗を拭《ふ》きながら首を横に振った。

「いやそっちじゃない。宿場で共同洗濯場を作ってるのは聞いてるだろう？」

「あの何とかいう、髪の長い若造の計画じゃろ？　ああいう変な格好は気に入らん」

「追い剥ぎどもを懲らしめてくれたのが、その『髪の長い若造』なんだよ。さっきも騎兵たちを連れて挨拶《あいさつ》に来てた」

するとと老人は意外そうにうなずく。

「ほほう、そうだったのか。ああ見えて意外と武闘派だったか。うむうむ」

「それより工事の人手が足りないらしいんだ。ボーネン爺さん、確か石積みできたよな？」

「おうとも。かの名城、ディアージュ城の大補修にもお声が掛かった名人よ」

胸を張る老人に村長は溜息《ためいき》をつく。

「うちの親父も同じこと言ってたぞ。みんな行ったんだろ？」

「やかましいわい。で、俺に石積みを手伝えってのか？　賦役か？」

「いや強制じゃない。日当も出るそうだ。結構いい額だったぞ」

「ふん、だがお断りだ。……いや待てよ」

老人は腕組みし、少し考え込んだ。

「リン様の母君、ファリナ様は良い御方だったな」

「うん？　ああそうだな」

村長が不思議そうな顔でうなずき、老人は言葉を続ける。

「ファリナ様はリン様をお連れになって、よくこの辺りまで散歩にいらしてた。幼いながらも堂々としたリン様が可愛《かわい》らしくてなあ」

「それは俺も覚えてるよ。やっぱり屋敷の中は居心地《いごこち》が悪かったのかな？」

村長の言葉など全く聞いていない様子で、老人はしみじみと述懐する。

「ファリナ様は王様にお仕えするほど偉かったのに、本当にお優しくてな。困ったことがあればすぐ相談に乗ってくださった。この土固めの木も、水路が崩れないようにと寄贈してくださったのさ」

困惑する村長。

「知ってるよ、それ植えたの俺だから……。で、引き受けてくれるのかい？」

すると老人はカッと目を見開く。

「当たり前だろうが！　ファリナ様の忘れ形見のリン様が領主としてお戻りになったのに、お手伝いせんでどうする！」

「さっきと言ってることが正反対だよ⁉」

「やかましい。ほれ、水路の掃除は任せた。俺は家に帰って仕度してくるからな。あと孫のお守りも頼んだぞ」

「ちょっと待ってくれ、今の俺は村長だよ⁉」

老人は構わずに走り出した。

「こうしちゃおられん、急ぐぞ！」

＊　＊　＊

私が急いで領主の館《やかた》に戻ると、国王からの使者とリン王女が揉《も》めていた。

「今は父上に会いたくないんです。それに領地経営を始めたばかりで手が空いてません」

「国王陛下のお召しですぞ⁉」

「今までずっと放《ほ》ったらかしにしておいて、今さらお召しも何もないでしょう！　そんなに会いたかったら自分で来いと伝えてくれ！」

父親からの使者にあれだけ言えるのなら、リン王女は大丈夫だろう。しっかりした子だ。

ただ、相手が国王だということも忘れてはいけない。

「使者殿、ちょっとよろしいかしら？」

「あなたは？」

不思議そうな顔をしている使者に、私は微笑《ほほえ》みかける。

「私はノイエ・ファリナ・カルファード。テオドール郡の代官よ。王女殿下の側近なの」

「ああ、あなたが噂《うわさ》の……」

どんな噂なんだろう。ちょっと気になったが、話を進める。

「王女殿下は初めての領地経営で大変お忙しいの。執務だけでなく、学問もあるし」

「そう仰《おっしゃ》られても困るんですが」

「だから私が御挨拶に伺うわ。前の謁見《えっけん》では同席しているし、問題ないでしょう？」

だが使者は渋い顔をする。

「陛下のお召しは、あくまでも王女殿下です。代理のノイエ殿では私の役目が果たせません」

そりゃそうだろうけど、リン王女を説得するより使者を説得する方が楽なので私は畳みかける。

「リン殿下はテオドール郡の領主よ。殿下がここを動けない正当な理由がある以上、国王といえども領主の判断には敬意を払わなくてはならないわ。それは親子であっても同じ。でしょ?」

「それはまあ……確かにそうですが……」

領主が領地を治める為《ため》に必要だと判断したことなら、国王もあまり強くは出られない。

ましてやリン王女は国王の数少ない味方だ。領地を没収したりはできないだろう。

粘り強い交渉の末、とうとう最後に使者は折れた。

「では後日、リン殿下にもお越し頂くことにしましょう。ひとまずノイエ殿はすぐに王宮にお越し頂けますか?」

「ええ、もちろん」

さて、何の用だろう?


王都の宮殿に王女代理として呼び出された私は、また国王グレトーと対面することになった。

「ええと、そなたは……」

「ノイエ・ファリナ・カルファードにございます。陛下」

最近は私も貴族階級の敬語を練習しているので、多少話せるようにはなっている。

王はうなずき、それからこう言った。

「リンに直接問いただしたかったのだが、本人に聞くよりも側近から聞いた方が良いかもしれぬ。ちょうどよい、そなたに問おう」

「はい、陛下」

何を聞くつもりなんだろうと思っていたら、国王の質問は意外なものだった。

「リンはなぜ、余に感謝の挨拶に来ないのだ？」

「殿下は今、初めての領地経営に集中しておられます。どうか今しばらくの御猶予を」

そもそも何を感謝しろというのだろう。

すると王はやや苛立《いらだ》たしげに早口になる。

「だが『六つ名』にしてやった上に、領地まで与えてやったのだぞ？　それもかなり強引な方法で、都に近い良い土地をくれてやったのだ。感謝して当然であろう」

「えーと……御意ですが」

変な敬語になってしまった。それにしても首を傾《かし》げるしかない。

「仰せの意味がよくわかりませんわ、陛下」

「わからぬはずがあるまい。余は国王であり、リンの実父でもある。娘にこれだけの厚遇を与えておるのだ。感謝され尊敬されねば道理が通るまい」

首をひねるしかない。私の首ではなく、このおっさんの首をだ。

とはいえ、本当に国王の首を変な方向にねじ曲げる訳にもいかない。

しょうがないので、もう少し会話を続けてみる。

「『六つ名』とテオドール郡の拝領についてはリン殿下も感謝してます」

テザリア貴族の敬語にまだ慣れてない上に、どうしてもこのおっさんへの敬意が湧《わ》いてこない。雑な敬語でしゃべり続ける。

「ただ陛下を尊敬しているかどうかは、少々怪しいのではないかと」

「なぜだ⁉」

心底意外そうな顔をされた。びっくりしすぎたのか、私の言葉遣いに腹を立てた様子もない。

ただ逆に私の方は怒りを感じていた。なんて父親だ。

「リン殿下の立場でお考えになったらいかがかしら？　生まれてこのかた、父親とはほとんど会ったこともないでしょう？　おまけに母親と共に宮廷を追い出され、母方の実家からも追い出されて神殿暮らし。母親が死んでも父親は知らん顔。これで道理が通るとお思い？」

私の前世の基準では、あまり良い父親とは呼べないだろう。

「だいたいね、してやったしてやったっていう言い草が押しつけがましいのよ。リン殿下も迷惑だわ」

「何だと？」

子供に尊敬や愛情を見返りとして要求するのは、親として正しいのだろうか。私には子供がいないのでわからないが、子供だった時の立場で考えるとかなり迷惑だ。

私の今世の母、魔女イザナはひどい母親だった。私が転生者だとわかった上で、それを利用した女だ。……まあいい、もう故人だ。

国王が不快そうな顔をしているが、私は国王を睨《にら》みつける。

「陛下がリン殿下に臣従を求めるのなら、それは国王として当然の権利でしょう。臣従の礼を尽くすよう、私から言って聞かせるわ」

「ふむ、よろしい。自分の立場がわかっておるようだな」

ダメだ、この親父《おやじ》。自分の立場がわかっていない。

私は一国の王とやり合う覚悟を決めた。偉い人に媚《こ》びへつらうのは前世だけでたくさんだ。非礼は承知で言いたいことを言わせてもらう。

「でも感謝しろ尊敬しろと喚《わめ》いたところで、誰《だれ》も陛下に感謝も尊敬もしないわ。本当の味方が欲しいのなら、御自身の行いを改めることね」

国王の額に青い光が輝いた。魔女の秘術『殺意の赤』が、私への敵意に反応している。

「さっきから聞いておればこの無礼者め、余を誰だと心得ておる！　こやつを投獄せよ！」

「私はリン殿下の腹心よ？　いいの？」

私に何かすればリン王女にますます嫌われ、国王は王室内部で完全に孤立してしまう。その重大性がわかっているのだろうか。

周囲には軽装の衛兵が数名いたが、国王の命令で全員が一斉に剣を抜いた。油断なく間合いを詰めてくる。いい動きだ。

一方、私は丸腰だ。この場に味方は誰もいない。勝ち目はないだろう。……普通なら。

だが私は普通ではない。

じりじりと包囲される中、私は懐から小瓶を取り出す。

「『目を覚まさせる』のに、これを使うのは変かしらね……」

魔女の秘術には使い捨ての道具を用いるものがある。貴重な品ばかりなのが困りものだが、今は目の前のバカ国王の方が困りものだ。

私は小瓶の封を切ると、甘ったるい香りのする液体を一滴、指先で唇に塗った。古代の秘薬『イプティオムの霊酒』だ。

私の言葉は今から、ひとつの力を持つようになる。

「我が声に酔いなさい」

次の瞬間、屈強な衛兵たちはよろめきながら尻餅《しりもち》をついた。顔が真《ま》っ赤《か》だ。

「むうっ⁉」

「うあぁ～……」

「うえっぷ！」

驚く者、あくびをする者、口元を押さえる者。反応はいろいろだが、泥酔しているのは一目瞭《いちもくりょう》然《ぜん》だった。いびきをかいて寝てしまった者もいる。

国王グレトーも例外ではなかった。私の今の声を聞いた者は全員、問答無用で酩酊《めいてい》状態に陥る。

「にゃ……にゃによ、したぁ……？」

玉座にもたれかかって完全にできあがっている王に、私は無言で微笑む。

魔女の秘術は地味なものが大半で、火の球を作ったり稲妻を落としたりはできない。質量を発生させるのは苦手だ。

ただ、人の心に干渉するのは得意中の得意だ。

今使った『イプティオムの霊酒』は強大な力を持つ、貴重で高価な消耗品だ。これを作れる魔女イプティオムはもういない。この瓶の中身も残りわずかだ。

王は玉座からずり落ちそうになり、焦点の定まらない目で私を見ている。

「そにゃた……にゃにものら……」

私は答えない。というのも、私が次に発する言葉は王に暗示をかけることができるからだ。名乗りをあげたら無駄になる。

私は無言で玉座に近づくと、玉座前の神聖な階段を無造作に踏み越える。そして王の髪をつかむと、魔力を帯びた声でこう命じた。

「あなたがリンに会いに行くのよ」

「よが……リンに……あいにゅく……」

「そうよ。なるべく早くね」

にっこり微笑み、髪から手を放す私。

魔女イプティオムが作った霊酒は、人の心を守る自我を希薄にさせて、心の中に侵入する効果がある。要するに酔っ払わせている間に記憶をいじくり回せる。

人間の記憶というのは、自分で思っているほど強固なものではない。かなりあやふやだ。だから記憶をいじって暗示をかけることもできる。

とはいえ、あまり変な暗示はかけられない。人間の記憶はあやふやなので、メチャクチャにいじっても本能的に再修正されてしまう。自殺させたりはできないのだ。

だから暗示をかけられるのは「ささやかなお願い」の範疇《はんちゅう》に留《とど》まる。

さて、暗示はどうだろうか。

「そにょにぇがい、ききとどけ……」

「あら、悪いわね」

かかった。

王の目がトロンとして、あっけなく瞼《まぶた》が落ちる。眠ったようだ。睡眠中に記憶が改竄《かいざん》され、一連の記憶は都合よく書き替えられているだろう。

目が覚めたときには、魔女の秘術を見た記憶は消えている。

魔女の秘術は痕跡《こんせき》を残さないものが多い。強者《つわもの》からの報復が怖いからだ。

「さて、それじゃおいとまするわね」

謁見《えっけん》の間にいる連中が全員酔っぱらっている間に、さっさと帰らせてもらおう。


テオドール郡に帰ると疲れがどっと出たのか、私は城館でうとうととまどろんでいた。

昼間だというのに夢を見ているようだ。

『ママ、ママ！　まずいよ、遅刻する！』

『だから私はママじゃないって何回言わせんのよ！　男よ？』

『ママと呼ばせてくれ』

『ダメ。ほら急いで朝ごはん食べて。ホットサンド作ったから』

『やった、ありがとう！　そういえばお弁当どこ？』

『はいこれ。鶏皮《とりかわ》の唐揚げ入ってるから』

『わあ、今食べたい！』

『ダメだってば』

変な夢だ。エプロン姿の私が、リンと朝食を食べている。リンは中学校の制服を着ていた。もちろん女子の制服だ。意外と似合っている。

夢はまだ続く。

『ノイエ殿は今度の授業参観に来てくれるのか？』

『あんたの実の父親は何してるのよ』

『来る訳ないだろ、ここは日本だぞ』

『ああ、それもそうよね』

変なところで納得しているなと思ったが、妙に楽しい夢だ。私は夢だと知りつつも、このまどろみを楽しむ。

リンはまだ十三歳。前世だったらまだ中学の一年か二年だ。できれば学校に通わせて学園生活を謳歌《おうか》させてやりたい。友達とアニメやアイドルの話をして、流行《はや》りのスイーツを食べて……。

授業参観だって行けるのなら行きたいものだ。

『しょうがないわねぇ。領地のことはリュナンに任せておくから、私が授業参観に行くわ。ああもちろん、父親代理でね？』

『わぁい！　スーツ！　スーツ着て来て！』

『別にいいけど……なんで？』

『ノイエ殿が男物のスーツを着るとみんな喜ぶんだ！　入学式のときもクラスの女子全員が注目していたぞ！』

『珍獣扱いね……』

そういえば前世のスーツはどうなったのかなと思ったとき、不意に頭痛が走った。

『うっ⁉』

『ダメだぞノイエ殿、前世のことを思い出したら……』

リンが慌てて駆け寄ってきて、私を乱暴に揺さぶる。こらこら、具合の悪い人を揺さぶるのはもっとダメだろう。

「ノイエ殿？　おい、ノイエ殿⁉」

「ちょっと待ちなさいよ。前世の保険証ってどこだったっけ……」

「ホケンショー？」

不思議そうな声がして、私はハッと目が覚めた。途中から現実に戻っていたようだ。

目の前にはリンがいる。もちろん中学校の制服は着ていない。

そうだ、夢だった。……なんでこんなにガッカリしているんだろう、私は。

「どうしたんだノイエ殿？　なんだか寂しそうな顔をしてるけど」

「なんでもないわ。ちょっとこっちに来なさい」

私はソファに寝たまま、リンの手を引き寄せた。

「え？　え？」

驚いているリンの頭を撫《な》でながら、私はさっきの夢を思い出す。

あんな風にリンに平和な暮らしをさせてあげられたら、どんなにいいだろう。この子には何の罪もないのだ。ただ世の中と……父親が悪い。特に父親が悪い。

「あの、ノイエ殿？　さっきから寂しそうだったり嬉《うれ》しそうだったり怒ってたり、なんか感情がぐるぐるしてない？」

「してるわね。落ち着くまで少し待って」

リンの頭を撫でていると私の心も落ち着いてくる。

前世のような生活は無理でも、リュナンやユイのような平穏な生活は守ってあげたい。正義や倫理の話ではない。そうでなければ私が嫌なのだ。

撫でられっぱなしのリンが、顔を赤らめて笑う。

「落ち着いた？」

「そうね」

王宮の冷たい雰囲気で疲れた私だったが、こうしてリンと過ごしていると人間性が回復してくるのを感じる。私の心の平穏のためにも、リンを守りたい。

私は起き上がり、いつもの笑顔をリンに向けた。

「ごめんなさいね。あなたが馬術の稽古《けいこ》に出かけたっていうから待ってたんだけど、寝ちゃってたみたい」

「いや、王都まで出向くのは結構疲れるだろうからな。ありがとう、ノイエ殿」

リンは乗馬ズボンを脱ぎ散らかしながら笑う。私はその辺りに脱ぎ捨ててあった普通のズボンを放り投げた。

「私の前で下着姿になるのはダメだって言ってるでしょ。次は何するの？」

「読書！　今日は歴史書を読んで勉強するつもりだ。読んでみると結構面白いな」

「そうね、私も歴史は好きよ」

目の前にいる少女は王位継承を巡る争いの渦中にいる。歴史そのものだ。

リンが歴史書を小脇に抱えて腰掛けたところで、私は急ぎの報告があったのを思い出した。

「たぶん陛下があなたに会いに来るわよ」

「本当か？　信じられないな……」

リン王女は歴史書を開きつつ、眉《まゆ》をひそめている。

娘の不信感がこれ以上高まらないうちに、あのバカ親父《おやじ》には来てもらおうと思う。

仕方ないので私は微笑《ほほえ》む。

「説得だけじゃもちろん無理だから、ちょっと魔女の秘術をね」

「えっ、魔女の秘術⁉」

歴史書を机の上に広げたまま、リン王女が目をキラキラと輝かせている。

「やっぱりノイエ殿は魔女なんだな！」

「いえあの、魔女じゃなくて魔女の子よ。私は魔女の秘術を少し知っているだけの、ただの男」

前世のヨーロッパ言語では「魔女」に性別は関係なく、男も含まれると聞いたことがある。しかしテザリア語の「魔女」は女性限定だ。私は男なので「魔女」ではない。

「産婆、婦人病専門の薬師《くすし》、女占い師、踊り子、娼婦《しょうふ》……。旅する女性たちは誰からも守ってもらえないから、偶然発見した魔法を共有し伝承してきたの」

現代人からすれば野蛮としか言いようのない中世的な世界だ。故郷なら父親や夫という庇護《ひご》者がいるが、旅に出れば容赦なく狼藉《ろうぜき》者が襲ってくる。

だから彼女たちは母親や師匠から教わった魔女の秘術を駆使して、危険を遠ざけてきた。護身術の一種であり、一般の人々が思うような神を冒涜《ぼうとく》する邪悪な術ではない。

と説明したのだが、リン王女はまだ興奮している。

「でもノイエ殿は魔法が使えるんだろう？」

「まあ、多少はね」

「じゃあ呪《のろ》いをかけたり、疫病を流行《はや》らせたりできるのか！　農園に雹《ひょう》を降らせたり、男の逸物《いちもつ》を役立たずにしたり！」

「できないわよ」

最後のヤツだけできるけど、同じ男としては使うつもりはない。ああでも、国王には使った方がいいかもしれない……。

「何でもいいから教えてくれないか、ノイエ殿？」

「王女様が魔女になってどうするのよ……」

私が呆《あき》れて言うと、リン王女は目をますます輝かせた。

「魔王女、いや魔女王になりたいんだ！　暗殺者なんかに負けない為《ため》にも！」

「そういうのは私がやるから、あなたは勉強して」

この親子は本当に私を困らせる。

私はリン王女の興奮を鎮める為に、少し身の上話をすることにした。

「魔女の秘術って、そんなにいいもんじゃないのよ」

「そうなのか？　私には凄《すご》くうらやましいんだが」

その気持ちもわからなくはないけど。

「魔術も剣術や馬術同様、習得に時間がかかるの。例えば剣術の場合、基本的な動きを身につけてある程度実戦で使えるようになるには半年ほどかかるわ。魔術も同じよ」

私の場合、脳の発達に伴って前世の記憶と知能がだいたい回復したのが三歳頃。母が亡くなったのが六歳のときなので、三年足らずしか修業していない。

「ひとつの秘術を失敗せずに確実に使いこなすには、何ヶ月もの修業が必要よ。占いの類は間違った予言を引き当ててしまうと致命的だし、護身用の術も実戦で一回失敗すればそのまま死ぬわ」

七割ぐらいの成功率でいいのなら、数日でマスターできる術もある。

しかし七割程度では失敗したときの対応を常に考慮せねばならず、他の手段に頼った方が確実だ。命を預ける術には百％に近い信頼性が求められる。

リン王女はまじめな顔でうなずく。

「なるほど。軽い気持ちで習得できるものではない、ということか」

「そうね。どうせ真剣に学ぶのなら、数学や語学の方がいいと思うわよ。おおっぴらに使えるし」

同じだけ学習に時間を費やす場合、学問や武術の方が絶対に利益になる。魔女の秘術は個人の自衛を目的としたものなので、応用できる範囲が狭い。

「だから勉強してね、殿下」

「はぁい」

割と素直にリン王女は私の言葉に従った。

と思ったら、また顔を上げて私を見る。

「ねえ、ノイエ殿」

「今度はなに？」

「ノイエ殿の母上は魔女だったのだろう？　私は魔女と会ったことがないけど、どんな人だったんだ？」

「あら、興味あるの？」

するとリン王女は少し照れくさそうに、こう答える。

「貴族の跡取り息子と恋に落ちた魔女なんだから、興味はあるよ」

ははあ、男の子っぽくてもやっぱり年頃の女の子なんだな。少し安心した。

「教えるのは別に構わないんだけどね。ロマンチックな話を期待するとガッカリするわよ？」

「そうなのか？」

「私の母、魔女イザナは父を利用する為に近づいたのよ。父の血筋が大事だったみたい」

リン王女はガッカリするどころか、グイグイくいついてきた。

「貴族の血筋を？」

「えーと……まあ、そう考えてくれてもいいわ」

実際は少し違うが、これは誰《だれ》にも明かせない秘密に属する。

母が父に求めたのは、異世界から「力ある魂」……要するに転生者を呼び寄せる為に最適な遺伝子。魔女の秘術の中でも最高位に位置する、禁断の秘術だ。

だから母は、魔女イザナは私が転生者だと最初から知っている。知った上で私を育ててくれた。

彼女なりに愛情をもって。

リンが恐る恐るといった感じで、私に問いかけてくる。

「ノイエ殿はそんな理由で生まれてきて、母上を恨まなかったのか？」

「別に母を恨む気はないわ。だって母は父と親しくなるうちに、本気で父を愛してしまったから。でも怖くなって逃げ出したのよ」

「本気で愛して怖くなる？」

リンが首を傾《かし》げる。

「よくわからないな……。本気で好きになったのなら、そのまま一緒にいればいいだろう？」

「そう思えるのは、あなたが子供だからかしらね。それとも、あなたがとてつもなく勇敢だから？」

私は微笑み、それから窓の外を眺める。

「自分がそこにいることで、一番大事な何かを壊してしまうかもしれない。そう思ったとき、そこに踏み留まれる人ばかりじゃないわ。母は自分が父を利用していることに耐えられなくなったのよ」

歪《いびつ》な、だが偽りのない愛情だ。

「母は占い師をしてたけど、それは表の顔。実際は旅先で女性の悩み相談に乗っていたの」

「悩み相談？」

リンにはよくわからないらしいので、私は言葉を選んで説明する。

「テザリアは男尊女卑が強いでしょ。貴族や豪商でも、自分の妻や娘を男性の医者には診《み》せないという連中が多いわ。でも女性の医者なんて滅多にいないから、魔女に頼んで診察や治療を受けるのよ」

「なるほど……」

私は溜息《ためいき》をつく。

「母は薬師でもあったから、悲惨な光景を山ほど見てきたみたい」

不義の子を堕胎させようとする男と、それを拒むことのできない女。

夫の暴力に耐えかねて毒殺を計画する妻。

そういった人々が魔女イザナの薬を買い求める。

そんな世の中に嫌気が差したイザナは異世界からの転生者を召喚し、このテザリア社会を変えようとした。異世界の知識を持つ転生者に魔女の秘術を授ければ、一国すら動かす力を持つと思っていたらしい。

「父を利用して、この国を変えようと思ったんでしょうけど……」

もちろん無理な話だ。召喚できたのは二十一世紀の日本に生きていた、ごくごく平凡な一般人の魂。

魔女の秘術も十分に授ける期間がなく、魔女イザナはあっけなく死んだ。秘術の副作用、転生者の魂を召喚した代償だという。

「結局最後は野心を捨て、私の養育に人生を捧《ささ》げて亡くなったわ」

最期のとき、私は彼女の手を握って泣いた。彼女は対照的に穏やかだった。とても満たされた表情をして、幸せそうに微笑《ほほえ》んでいたのを覚えている。

彼女は本当に幸せだったのだろうか。私にはわからない。

私は小さく溜息をつき、それからリンに微笑みかけた。

「魔女の秘術を使う者はみんな、どこかしら不幸を背負っているのよ。というよりも、心に傷や欠落がある者だけが秘術の適性を持つの」

だから強力な魔女はだいたい心の病を抱えていたり、深いトラウマに苦しんでいたりする。

私の場合は前世の記憶そのものが強い心理ストレスになっているようで、秘術の行使には何の問題もなかった。別にそんなに辛《つら》い経験はしてないはずだが、イザナには大魔女になれると言われている。覚えていないだけで何かあったんだろうか、私の前世。

リンは首を傾げる。

「私は別に不幸じゃないし、魔女になるのは無理かな？」

「いいえ、世間的には十分不幸よ？　これで不幸を感じてないのなら、適性はないかもしれないけど」

この子のメンタルが強すぎる。

魔女としての適性がリンにあるかはわからないが、ひとつだけ言えることがある。

「あなたも不幸を背負っているけど、魔女の秘術は必要ないと思うわ。あなたには魔法より強い力があるもの」

「そうか、確かにそうだな」

リンは力強くうなずき、笑顔で応じる。

「私にはノイエ殿という、強い味方がいる。ノイエ殿の言葉を信じて、これからも励むことにしよう」

純粋でまっすぐな瞳《ひとみ》に射抜かれ、私は一瞬言葉を失う。

なんて目で私を見るんだろう、この子は。そんなに信用されたら、応《こた》えるしかないじゃない。

「そうしましょう。あなたにはまず、政治家や将軍の知識が必要だわ。十万の兵を手に入れても、それを養って戦場でうまく使いこなすには相応の才覚が必要よ。それこそ十万人に一人ぐらいのね」

「なるほどな。わかった」

十万人に一人レベルの水準を求められて、全く物怖《ものお》じせずにうなずくリン。

もしかすると、我が王女様は思っている以上に凄いのかもしれない。期待しよう。


それから私は国王からの連絡を待ったが、まだ訪問の予定は聞かされていない。

国王は国王でそれなりに多忙なのが当たり前だろうから、あまり焦らず待つことにする。ああ見えて政務はきちんとやっている国王だ。

心配なのはツバイネル公の動きだが、王都周辺では動静が伝わってこない。頼みの実家は南テザリアだし、北テザリアの動きはさっぱりつかめなかった。

「なんか思ったより平和だなあ」

リンが城館の窓辺に頬杖《ほおづえ》をつきながら、午後の日差しに目を細める。リラックスできているのは良いことだ。

今のところ、ツバイネル公や前領主グルガンの不穏な動きは観測されていない。しかし観測されていないだけだ。こちらの知らないところで動いている可能性は高かった。

「水面下で事態が進行しているかもしれないから、私は警戒しておくわね。あんたはのんびり勉強してなさい」

「はぁい、母上……じゃなかったノイエ殿」

緩みきってる。だがそれはそれで良いことだと思う。人間、精神的に張り詰めた状態は長く続けられない。リンは図太く緩んでいるぐらいの方がいい。

私はリンと共に窓の外の風景を眺める。

一面に広がる麦畑では農民が農作業をしており、整備された街道を行商人や巡礼者が行き交っている。

「確かに平和ね」

こちらの動きは監視されていると思った方がいいだろう。領民や役人の誰かが買収されている可能性もある。

「たぶんこの有様も監視されてるわね」

私は領主の城館に新しい木箱が搬入されてくるのを、頬杖をつきながら眺めた。私が国王に直談判してからというもの、ひっきりなしに何かが城館に運ばれてくる。

「あれ何かな？」

「いつものヤツでしょ。行ってみる？」

「うん！」

二人で玄関ホールまで行ってみると、妙な威圧感のある細長い木箱と対面することになった。

「今度は何？」

すると応対していたリュナンが元気よく答える。

「はい、兄上！　国王陛下からリン殿下に剣の贈り物だそうです！　王室所蔵の逸品だとか」

「娘に剣？」

「リン殿下が剣術を嗜《たしな》まれるのを耳になさったのでしょう。あ、そこに置いてください」

リュナンは目録を見ながら、王室からの使者たちに指示を下している。

リンも使者たちに挨拶《あいさつ》して労《ねぎら》い言葉を述べた後、少し肩を落とす。

「やっぱり父上からの贈り物か」

「今度は王室所蔵の剣だそうよ」

「ほほう」

ちょっと興味が湧《わ》いたのか、リン王女は木箱を開けて厳重に梱包《こんぽう》された包みを取り出す。

「前にもらったドレスはサイズが合わなかったし、その前にもらった軍馬は私には乗れなかったからな……。今度はどうかな」

包みをほどいたリン王女は、すぐに落胆する。

「長すぎる……」

だが私は驚きを隠せなかった。

「日本刀⁉」

「なんだ、ニホントーっていうのは？　これのことか？」

リン王女が手にしているのは、間違いなく日本刀だ。しかしこの異世界に、日本に似た文化圏があるとは聞いていていない。

リュナンが目録を開く。

「これは王室所蔵、魔剣『キシオッジ』だそうです。名を呼べば鬼神のごとき力を授けてくれるという伝説があるとか」

「ふーん……」

リンは鞘《さや》から苦労して刀を抜くと、抜き身を天に掲げて叫ぶ。

「キシオッジ！」

何も起きなかった。

「ただの言い伝えか」

露骨にガッカリした表情で刀を鞘に戻すと、リンは溜息をつく。

「こんな長い反り身の両手剣、私には扱えないぞ。私の剣術は片手剣だし、刺突が中心なんだ。これじゃ護身用にもならない」

私も溜息をつく。

「あんたのお父さん、あんたのこと何にも知らないのよねえ」

「うん。……一緒に暮らしたことが一度もないから、しょうがないけど」

明らかに気落ちしているリンの頭を撫《な》でて、私は笑う。

「ほらほら落ち込まないで。私はあなたのこと、少しは知ってるつもりよ？」

「例えば？」

リンが気にしている様子で顔を上げたので、私は少し考える。

「そうね……好きな食べ物は豚の脂身と、よく焼いた鶏皮でしょ？」

「何で知ってるの？」

「そりゃわかるわよ。だってあなた、好きなものを食べたときは『うまいな、これ』って何回も言うもの」

肉食系お姫様だ。育ち盛りだから無理もない。神殿では肉などほとんど食べられなかったはずだし、肉の脂に夢中になるのはよくわかる。

ただリン自身はちょっと恥ずかしいようだ。照れくさそうに頭を掻《か》いて笑っている。

「そ、そうかな？」

「ええ。そこまで好きじゃないときは『おいしい』って言うだけだし」

「よく見てるな……」

リンは赤面しているが、まんざらでもない様子だ。口元がにやけていた。

私は指を折りながら、リンについて知っていることを列挙する。

「好きな色は赤。好きなお菓子は果物の砂糖漬け。最近がんばってることは史学の暗記で、興味が出てきたのは宮廷風のおしゃれ。でしょ？」

「なんでそこまで知ってるの⁉」

「そんなもん、あなたを見てりゃわかるわよ」

私はリンが手にした日本刀を見つめながら、そう返す。

「私はいつもあなたのことを見てるの。あなたのことが好きだから」

「えっ⁉」

「何よ。嫌いな人間の為《ため》に命張るほど、私は人間ができてないわよ？」

するとリンは頭を掻きながら、照れくさそうに笑う。

「いや……面と向かって言われると、ちょっと照れるな」

「好意は積極的に発言することにしてるの。思ってることは口に出さないと伝わらないものね。それはいいから、ちょっとそれ貸してもらえる？」

私は刀をリンから受け取る。

見れば見るほど立派な日本刀だ。専門的なことはわからないが、異世界にあるとは思えないほどに和の趣きがある。

「これ、誰《だれ》が手入れしてたのかしらね？」

「目録の説明書きを見る限り、何十年もほったらかしだったみたいですよ、兄上」

リュナンがそう言うが、私には信じられなかった。

「この手の剣は錆《さ》びやすいから、刀身に油を塗って保管専用の白鞘に納めておかないと傷むわ。この鞘は携行用の普通の鞘よ」

よく切れる反面、手入れが死ぬほど面倒くさいのが日本刀だ。この刀は刀身に油こそ引いていないものの、よく手入れされているように見える。

リュナンが分厚い冊子を丹念に読んでいる。

「えーと、元々は北テザリアで反乱を起こした騎士が持っていた剣だそうです。魔女にそそのかされて叛旗《はんき》を翻したとか。騎士は魔女の邪悪な加護を受けていて、ほとんど無敵だったそうですよ。ちょっと信じられませんけど、面白い逸話ですね」

「魔女ね……」

この世界には魔女が実在する。箔《はく》付けのための作り話とは限らない。

「結局その騎士は討伐されてしまったみたいですけど、持っていた魔剣は王室所蔵になったそうです。王室の威光で、邪悪な力は封じられているとかで」

単に使い方がわからないだけだろう。こういった呪具は敵に使われないよう、いろいろな工夫が施されている。

「音声認証のパスワードというのは珍しくもないけど……あら？」

私はふと、刀身に変な文字が刻まれていることに気づいた。銘だろうか。

「ん～……？」

どうやら漢字のようだ。こちらの世界で漢字を見るのは初めてなので、ますます興味が湧いてくる。

「あ、これ『鬼子母神《きしもじん》』だわ」

私がその言葉を発した瞬間、周囲の様子が一変した。

まるでスローモーションのように、全《すべ》てがゆっくり動いている。遅いのは人間だけではない。風に翻るカーテンや舞い落ちる木の葉までもが、ゆっくり動いていた。

「あら？」

私が立ち上がってリンに歩み寄った直後、スローモーションの世界は終わった。普段通りの速さで、カーテンが風に翻る。

「わ、わわっ⁉」

驚いているのはリンだ。のけぞるようにして私を見上げている。

「ノ、ノイエ殿⁉　いつの間に⁉」

そうか、リンには私が瞬間移動してきたように見えるのか。だとすればやはり、今のは錯覚ではない。

考えられるとしたら、やはりこの日本刀の影響だろう。

とりあえず情報は共有しておくことにして、私はみんなに説明した。

「この剣、本当の名前は『キシオッジ』じゃないわ」

「でも兄上、目録には確かに『キシオッジ』と」

「たぶんどこかで訛《なま》ったのね。正しくは『キシモジン』よ」

私がそう言った瞬間、また周囲がスローモーションの世界に変わる。間違いない。

この刀の名前は『鬼子母神』で、キーワードに反応して使用者が加速状態になる魔法がかかっている。

加速状態は使用者の主観で二～三秒のようだ。ほんのわずかな時間だが、使用者だけがほぼ一方的に行動できる。

殺し合いのときに二秒もあれば、余裕で致命傷を与えられる。一対一ならほぼ無敵といってもいい。

これは……なかなか凄《すご》い魔法の道具かもしれない。

魔女の子として生まれてきたが、使い減りしない魔法の道具を見たのは久しぶりだ。

私は刀身を見つめてうなずく。

「さすが王室所蔵の逸品というべきね」

「そうかな？　ノイエ殿は刀剣にも詳しいんだな」

何が起きているのかわかっていないリンは、気楽に笑う。

リュナンが首を傾《かし》げる。

「『キシモジン』ってどういう意味ですか、兄上？」

「異教の女神の名前ね。我が子を大事にする反面、人を食っていた悪神よ」

「うわ」

リュナンとリンがそろって嫌そうな顔をしたので、私は苦笑する。

「でも聖者に諭されて人を食べるのはやめたの。その後は子供と安産を守護する善神として崇拝されているわ」

「ほんとに何でも知ってますね、兄上は」

「たまたまよ」

本当に偶然だから仕方ない。いや、偶然なのだろうか。

するとリンが言った。

「気に入ったのならそれ……キシモジンだっけ、ノイエ殿にあげるよ」

「あら、いいの？」

すると彼女は笑う。

「ノイエ殿の剣、前に一振りダメになっちゃっただろう？　ほら、私を守って暗殺団と戦ってくれたときに」

「ああ……」

あのとき私が持っていたのは、一般の兵士が使っているような安物の剣だ。

さすがに折れるほど粗悪ではなかったが、なまくらなので曲がってしまった。あの暗殺者の頭蓋《ずがい》骨《こつ》、思ったより頑丈だった。

リンは続けてこう言う。

「あのときの褒美をあげてなかったから、それを受け取ってくれ。私はもっと短くて反りのない剣がいい」

「あらそう？　ありがとう、殿下。陛下からじゃなくて、あなたから賜るのは嬉《うれ》しいわ」

いいものをもらってしまった。

反りの強い、肉厚の刃。実戦を強く意識した刀身だ。銘は『鬼子母神』の四文字のみ。

刃紋の種類までは私にはわからないが、妖《あや》しくうねるように波打っている。どうやって作ったのだろう。

鍔《つば》やその他の細工はそっけないもので、専門の職人が作ったものではなさそうだ。刀工がついでに作った感じだろうか。

「ふーん……」

実戦で日本刀が使われていた時代ほど、日本刀の反りは強かったと聞いている。このキシモジンも実戦用の刀だろう。

この刀の秘密については、今はリンにも黙っておこう。漢字の銘が切られていることといい、まだ謎がありそうだ。

「頼もしい一振りだわ。でも、できれば使わずに済ませたいものね」

そううまくはいかないだろうか。

＊　＊　＊

【グルガンの迷い】


「そううまくいくものか」

質素だが清潔な個室で、テオドール郡の前領主グルガンは首を横に振った。

「国王の命で領地を没収されたのだぞ。理不尽だが王室に逆らえば命はない」

目の前に立っているのは見知らぬ若い女だ。美人ではあったが、それだけにグルガンは警戒する。

ここは人里離れた山奥の神殿だ。若い女性が訪れることは滅多にない。しかも初対面だ。警戒しない方がどうかしている。

「貴様は何が目的だ？」

素性が何もわからない美女は穏やかに微笑《ほほえ》む。

「ただ、正義が行われることのみを願う者です」

「正義だと？　そんな御託は信用できんな」

グルガンは美女に背を向け、机上の聖典に視線を落とす。

「さっさと帰れ。神殿に隠棲《いんせい》しているとはいえ、明日中にこの写本を終わらせないといかん」

貴族、それも「四つ名」の元領主としては屈辱的な仕事だ。しかし神殿への寄付額がそう多くないので、形式的ではあるが奉仕活動が必要だった。

しかし美女は重ねて言う。

「寄付額を上乗せすれば、そのような煩わしい雑務からも解放されるのでしょう?」

「上乗せと簡単に言うが、テザリア金貨が一枚あってもまだ……」

背を向けたままそう言うグルガンの耳に、ジャラジャラという重い金属音が聞こえてくる。

「なにっ⁉」

振り返ると美女が金貨を床にばらまいていた。ざっと見ただけで数十枚はある。平民なら一生遊んで暮らせる。貴族でもおいそれとは拝めない額だった。

「これなら足りますか?」

「足り……るな。ああ、足りる……足りすぎるぐらいだ……」

これだけあれば農場主や商人として再起することもできるだろう。王室に献上すれば王室領の代官にしてくれるかもしれない。山奥での隠遁《いんとん》生活と決別できる。

(この女は信用できんが、この金は欲しい)

しかし強欲なグルガンは美女が求める代価を警戒した。何の理由もなく大金が降ってくるはずがない。

「俺に何をさせる気だ? 王女への復讐《ふくしゅう》か?」

すると美女はにんまり笑いながら、さっきと同じ言葉を繰り返した。

「ただ、正義が行われることのみを願います」

「正義か」

グルガンにしてみれば、先祖伝来の領地を奪い返すことが唯一絶対の正義だ。

「だが俺の正義と貴様の正義は同じかな？」

「正義は常にひとつですので」

罠《わな》だ、とグルガンは思う。さっきからこの女は具体的な要求を何ひとつ口にしていない。しかし確実に何かをやらせようとしている。おそらくそれは身を滅ぼすような何かだ。

（この金は欲しいが……やはりこの女は信用できん。危険だ）

もったいないが諦《あきら》めよう。グルガンは首を横に振る。

「帰れ」

しかし美女は諦めない。

「シュベルン卿《きょう》御自身は何も手を下す必要はございません。ここでただ、事の成就を待つだけでよろしいのです」

「ますます信用できんな。現国王グレトーは血も涙もない冷血漢だ。敵に回すのは危険すぎる」

すると美女はこう返す。

「では、国王がシュベルン卿に対してまだお怒りであることをどうお考えになりますか？」

「なに？」

グルガンは思わず腰を浮かせた。

「あの男は俺から何もかも奪っておいて、まだ足りんのか？」

美女は楽しげに答える。

「『何もかも』ではございませんよ？　まだ命は奪っておりませんから」

そう言われ、グルガンは急に不安に駆られてきた。

「待て、証拠はあるのか？」

「都からの行商人や巡礼たちが噂《うわさ》しております。最近の国王は人が変わったようだと」

グルガンは山奥の神殿に隠棲しており、ほとんど外出ができない。自然と世情には疎《うと》くなっている。彼に会いに来る者もいなかった。

「しかし、俺は神殿に身を寄せているのだぞ？」

だが美女はにっこり笑う。

「リン王女殿下も神殿で命を狙《ねら》われたと聞いておりますが」

「ぐっ……」

反論できない。

神殿に隠棲している者を殺せば清従教団が黙っていないはずだが、リン王女への襲撃に対して教団は沈黙を守っている。

（王室と教団との力関係が崩れたのか？　この国で今、何が起こっている？）

グルガンは必死に考えたが、彼が持っている情報はあまりにも少なかった。

そして彼は手持ちの情報だけを頼りに重大な決断を下す。

「……万が一に備えて、逃走用の資金と伝手《つて》も用意しろ。サーベニアでもノルデンティスでもいい、王室の力が及ばぬ地に逃れる手段をよこせ」

「かしこまりました。造作もないことです」

美女は優雅に微笑んだ。

＊　＊　＊

テオドール郡での領地経営の日々にもだんだん慣れてきた。宿場の改装を大急ぎで終わらせ、同じタイミングで関所を廃止する。

「口コミでだんだん旅人が増えてきたわね」

「はい、兄上！　宿場は大盛況です！」

リュナンが書類の束に囲まれながら嬉しそうにしている。

「以前より三割増しになってますよ！　まだまだ増えそうです！」

「それは良かったわ」

私は笑ってみせたが、少し心配事もあった。

それを裏付けるように、鉄騎団のベルゲンが顔を出す。少し疲れている表情だ。

「ノイエ殿、ちょっといいか？」

「なぁに？」

「人の出入りが増えすぎて、俺たちでは監視しきれなくなってきた。警備しようにも人手が足りん」

鉄騎団は四十人足らずの小集団だし、平時の治安維持よりも戦時の騎兵突撃を得意としている。

融通のきくベテラン揃《ぞろ》いとはいえ、さすがに厳しいか。

「しょうがないわ。警備の網は粗くして。あんたたちも休養と訓練が必要でしょうから」

「すまんな。できる範囲で警備と監視を継続する」

私は口には出さなかったが、鉄騎団は中年が多い。若者ほど無理ができないのもあるだろう。戦えば強いのは山賊掃討で証明済みなので、なるべく休ませておくことにする。

「人的資源の欠乏が深刻ね」

「もっと雇ってもいいんだぞ？」

リンの申し出はありがたいが、私は首を横に振る。

「私があなたを狙う政敵なら、それに乗じて間者を潜り込ませるわ。そうすればあなたを失脚させることも暗殺することも簡単でしょうね」

「それはイヤだな……」

あらゆる面でツバイネル公が有利なので、こちらは身動きが取りづらい。頼みの綱は王室、というか国王だけだ。

「あんたのお父さんしか頼れる味方がいないってのが、ちょっと困りものよねえ。国王なんだけど孤立してるし」

「おまけにあの性格だしな」

まだ十三歳の娘にこんなことを言われている父親だから、当然人望なんてほとんどない。

「ま、何とかするわね」

もう後には引き返せないのだ。

しかしそれから領内で妙な事件が頻発するようになり、私は頭を抱えてしまった。

「また死体？」

「はい、街道で巡礼の爺《じい》さんが殺されてました。朝一番に旅人から通報がありまして」

鉄騎団の若手……といっても三十代の騎兵が、急いで下馬しながら答える。

城館の裏庭には、息絶えた老人の骸《むくろ》が安置されていた。棍棒《こんぼう》か何かで殴り殺されている。気の毒な最期だ。

「一人で夜道を急いでいたみたいです。金目の物は全部奪われてました」

「盗賊にしては変ねえ……」

私は前世の癖で思わず合掌した後、違和感を覚えていた。

見よう見まねで合掌していたリン王女が、ふと首を傾《かし》げる。

「何が変なんだ？　盗賊なら前にも出ただろ？」

「あれはここの農民たちよ。彼らの価値観では、自分たちの縄張りを通る余所者《よそ》からは通行料ぐらい取っても罪じゃないのよ」

リンが呆《あき》れたような顔をして、それからこうのたまう。

「……違法だろ？」

「違法だけど、みんな法律なんか守る気ないもの。追《お》い剥《は》ぎは道徳に反しない当然の権利。まあ山菜採りと同じ感覚かしらね」

平民の遵法精神について説明すると、リンはクラクラしながらうめく。

「どうかしてるぞ」

「そのどうかしてるのをまとめるのが、あんたたち王族の仕事よ。ただ、どうかしてる割には変なのよ」

「意味がわからないんだけど」

リンがますます困惑しているので、私は肩をすくめてみせる。

「山菜採りってね、普通はわざと少し残すのよ。採り尽くしたら生えてこなくなるから。追い剥ぎも同じでしょ？」

「ふーん……。ああ、そうか」

リンはポンと手を叩《たた》く。

「旅人を殺しても何の得にもならないんだ。抵抗された様子もないのに、わざわざ殺してるのは変だよな。こうして大事になるし、怖がって旅人も減るし」

「そうなのよ」

私はもう一度、老人の亡骸《なきがら》に手を合わせる。

「それに追い剥ぎしてた農民たちは、鉄騎団にボコボコにされてるでしょ。農民にとって重騎兵に追い回されるなんて悪夢だから、さすがに懲りたと思うのよね」

鉄騎団は今も街道や宿場を巡回しているので、あれを見てもまだ旅人を襲うのなら相当な命知らずだろう。私も次は殺しても構わないと命じている。

「ま、命知らずの農民がいてもおかしくはないけれど……」

どうも気になる。

するとそこにユイがやってきた。

「ノイエ兄様、お耳に入れたいことがあるんです」

「あら、珍しいわね？　なあに？」

可愛《かわい》い異母妹の報告なら、仕事に関係ないものでも大歓迎だ。死体を丁重に弔うよう命じてから、私はユイに向き直る。

するとユイは少しためらいつつ、こう切り出してきた。

「改築中の洗濯場のことなんですけど、変な人がうろついてるんです」

「変な人？」


テオドール郡の宿場町では今、リン王女の資金援助で共同洗濯場の改築が進められていた。

綺麗《きれい》好きのユイは洗濯場に興味津々らしく、毎日のように差し入れ持参で工事の様子を見物している らしい。

そのユイが不安そうな顔をして、こう訴えてくる。

「私の顔を知らない職人さんがいたんです。差し入れに来た私のことを、宿屋の娘だと思ってたみたいで。初めて見る顔でした」

「毎日行ってるから、みんな顔見知りのはずでしょ？ 臨時の職人かしら？」

ユイの服装は貴族としては地味なので、裕福な平民と間違われても不思議はないが、領主の側近が毎日差し入れに来たら嫌でも顔を覚えるはずだ。

「他の職人さんたちに聞いたら、知らない人だって言ってました。作業もしないでうろうろしてましたし」

「あらそう」

宿場町の職人だけでは手が足りないので近隣の農民も臨時雇いで来ているから、知らない顔が紛れ込んでいても不思議ではない。しかし普通に考えれば挨拶《あいさつ》ぐらいはするだろう。

それに連れてきた誰かがいるはずだが、それもわからないという。

「なーんか、気になるのよね……」

急に頻発するようになった旅人襲撃と、工事現場をうろつく偽職人。無関係ならそれでいい。

しかし関係があるとすれば、少し厄介なことになる。

ツバイネル公は密偵を使って宿場を監視しているはずだ。

そしてリン王女の領地経営を妨害する気なら、街道の治安を悪化させるのが一番手っ取り早い。

客が来なくなったら私たちは干上がってしまう。鉄騎団への支払いだってあるのだ。

「となれば、次は……そうね」

「ノイエ殿、何を考えてるんだ？」

「んー、まあね」

外だと誰《だれ》が聞いているかわからない。

「何でもないわ。それより街道の警備を強化しないとね。旅人が怖がって近寄らなくなったら困るもの」

腰に差した妖刀キシモジンを撫《な》でながら、私は笑った。

深夜の宿場町。宿場の共同洗濯場に数名の人影が忍び寄っていた。

「見張りはいないな？」

「物見から報告があった。傭兵《ようへい》どもは街道の巡回をしている」

「よし」

リン王女の支援で改築された共同洗濯場は、排水設備も整った立派なものだ。専用の井戸も掘られ、農業用水や飲料水を汚さないように工夫されている。完成を祝ってか、井戸には魔除《まよ》けの花飾りが吊《つる》されていた。

「火を放つって訳にもいかんな」

「石造りの水場だからな。それに放火だとバレるのはまずい」

洗濯場の石畳やレンガを確かめる人影たち。

「こりゃ頑丈だな」

「やっぱり工事の妨害をした方が良かったんじゃないか」

「いや、使い始めた後に壊されるのが一番困るからな。評判がガタ落ちになる」

リーダーらしい男がそう言い、他の男たちに命じる。

「手はず通り、井戸に染料を投げ込め。他の者は手分けして調べろ。壊せそうな場所を探すんだ」

「そんなもんないわよ。頑丈に造らせたから」

不意に別の声が聞こえたので、人影は驚いてこちらを振り向いた。

私は赤紫の光を四つ確認し、微笑《ほほえ》みながら告げる。

「降伏すれば命だけは助けてあげるわ」

「殺せ！」

四人の男が一斉に襲いかかってくる。

私は妖刀キシモジンを抜き、その名を呟《つぶや》いた。

「キシモジン」

瞬時に視界の全《すべ》てがスローモーションに変わる。

「加減はできないわね」

敵を誘い出すため、鉄騎団は一人も連れてきていない。どのみち宿場の路地裏では騎兵は思うように戦えない。だから私は一人だ。

ほとんど動きが止まっている敵のうち、泥色の塊を持っている男を最優先で斬り捨てる。塊は石畳に落ちて粉々に割れた。

返す太刀《たち》でもう一人の腕を斬り落とす。そこで加速状態が切れた。

「ぐあっ⁉」

「うわあああぁっ！」

悲鳴と共に絶命する男と、右腕を押さえてうずくまる男。気の毒だがあの出血では助からないだろう。

「キシモジン」

再度の加速。

残る二人が驚いた顔で口を開いている。

「おー……」

たぶん、「お前は何だ」と言いたいのだろう。

妖刀キシモジンの加速状態は三秒ぐらいしか続かない。私の剣術では二回斬りつけるのが精一杯だ。答える余裕なんかない。

「ふっ！」

抜き胴の要領で敵の腹を斬る。ぱっくりと開いた傷口から、臓物がずるりとスローモーションで這《は》い出してくるのが見えた。心の中で敵の冥福《めいふく》を祈る。

そしてリーダーの剣を妖刀キシモジンで叩き落とす……つもりだったのだが、妖刀は敵の剣をスッパリと斬ってしまった。恐ろしい切れ味だ。

そういえばさっきから手応《てごた》えが妙に軽い。加速するだけではなく、切れ味も尋常ではないようだ。しかもだんだん鋭さが増している気がする。

そして二度目の加速状態が終わった。

「まえはなにもっ……」

リーダーの言葉が再開されたが、彼の言葉は途中で止まった。

「なっ⁉」

「降伏しなさい」

洗濯場を血に染めて倒れる三人の部下を見て、リーダーは完全に硬直している。殺意の光は青くなっていた。

「い、今……何を……？」

「質問は許可しないわ。降伏しないのなら殺すけれど」

「ま、待ってくれ！　ここ、降伏する！」

リーダーは慌てて平伏する。

しかし彼の殺意の光が再び赤くなるのを、私は見逃さなかった。

次の瞬間、平伏したリーダーがカエルのように跳ね起きる。

待ち構えていた妖刀の切っ先が頭蓋《ずがい》を貫いた。

「ぐぉ……!?」

「動かなければ死なずに済んだのよ？」

絶命したリーダーは石畳に崩れ落ち、抜き身の匕首《あいくち》がカラカラと転がった。

まだ生きて悶《もだ》えている敵が二人いるが、致命傷なのでもう救命しようがない。苦しませないよう、とどめを刺す。

全員が絶命したことを確認し、そっと彼らの冥福を祈る。

「おやすみなさい」

それから井戸に歩み寄ると、屋根に吊してあった『警戒の花輪』を確かめた。大丈夫そうだ。

これも魔女の秘術のひとつで、使い捨ての監視カメラだ。作る手間の割にすぐ萎《しお》れてしまうので割に合わないのだが、今回はユイの通報があったので頑張って作っておいた。

私は足下の死体を見下ろす。

「はあ……」

あっけないほど簡単な、そして後味の悪い勝利だった。

しかし私には、まだやるべきことが残っている。『死体占い』の時間だ。血溜《だ》まりに沈んでいる死体の脳から、必要な情報を読み取る。

『いい女だ』『どうせ誰かの使い走りだろうな』

『前の領主が依頼主』『グルガン……知らん名前だ』

『盗みも殺しも自由』『旅人を殺せ』『共同洗濯場を破壊しろ』

『人に話せば命はないと思え』『この女、まさかツバイネル公の……』

『泥そっくりの染料』『ゆっくり溶けて井戸水を汚し続ける』

『こいつまさか代官の』『太刀筋が見えなかった』『降伏したら依頼主に殺される』


死の直前までの情報を読み取り、私は溜息《ためいき》をつく。

「泥は『顔料』よ。染料なんか使えばすぐにバレるわ」

植物性の「染料」なら、いつまでも沈殿しない完全な色水を作れる。

しかし本物の泥は鉱物性の「顔料」に分類され、水には溶けない。

だから井戸水を調べれば、誰かが染料を投げ込んだことはすぐにわかってしまう。

でもそれはおかしい。

依頼主が本当に前領主のグルガンなら、バレるのは困るだろう。真っ先に疑われる立場だ。今度何かやらかせば、おそらく国王は彼を許さない。

リスクの大きさを考えれば、もう少し工夫してもいいと思う。

「妙ね……」

そのとき馬の蹄《ひづめ》の音が幾つも聞こえてきた。

「おうい、ノイエ殿！」

「無事か！　いやどうせ無事だろうな！」

「どこだ？」

深夜だというのに、甲冑《かっちゅう》の音をガシャガシャ立てながら鉄騎団の連中が駆けつけてきた。

隊長のベルゲンが返り血を浴びたバイザーを上げながら報告する。

「街道筋に盗賊団の根城を見つけたんで、逃げられないうちに俺の判断で急襲した。どういう訳か最後まで降伏しなかったので皆殺しにした」

「降伏しないいんじゃ仕方ないわね。お疲れ様」

「えらく落ち着いてるが、もしかして何もかもお見通しって訳か？　恐ろしいな」

いや、今さっき死体の脳を読み取っただけだから。

ベルゲンたちは死体を眺めて呆《あき》れたような顔をする。

「これ、あんた一人でやったのか？」

「ええ」

妖刀キシモジンの力は秘密にしておいたが、そのせいでまた誤解されたようだ。

「四人相手に返り血ひとつ浴びずに皆殺しかよ……」

「さっきの盗賊団、まあまあ強かったぞ？」

「ああ、どこぞの兵士崩れだろうな。これもあいつらの仲間だとしたら、相当……」

私は手をパンパンと叩《たた》いて一同を静かにさせる。

「ほらほら、おしゃべりはよしなさい。宿では旅人が就寝中よ。死体を片付けて引き揚げるわ」

「はっ！」

重騎兵たちが背筋を伸ばし、一斉にサーベニア式の敬礼をした。

＊　＊　＊

【エリザの憂鬱《ゆううつ》】


「全滅しただと⁉」

テオドール郡前領主グルガンは、椅子から立ち上がって叫んだ。

「傭兵《ようへい》をあんなに雇ったのにか⁉」

「敵方の傭兵、ベルゲン鉄騎団に始末されたようです」

「聞いたこともないぞ、そんな傭兵団」

グルガンは知らないようだったが、ベルゲン鉄騎団は少数精鋭の騎馬傭兵としてテザリア南部では多少知られているらしい。鉄の規律を持ち、決して裏切らないという。

「あ、ありえん！　怖《お》じ気《け》づいて逃げただけではないのか？　本当に金を渡したんだろうな？」

「もちろんです。シュベルン卿《きょう》の御指示通りに」

エリザが見た感じでは、雇った傭兵たちはそこそこ戦えそうな印象だった。報酬分の働きは期待していたので、エリザ自身も驚いている。

「鉄騎団の強さもさることながら、代官のノイエの采配《さいはい》が見事だったようです」

エリザがこっそり頼んでおいた、共同洗濯場への破壊工作も阻止されている。グルガンの計画にはなかったので追加で頼んでいたのだ。

しかしこれも無駄に傭兵たちを死なせただけで、何の成果も挙げられなかった。

（御前の仰《おつしや》る通りだった。確かにノイエが一番危険だな）

まさかと思っていたが、宿場町ではノイエの大立ち回りが噂《うわさ》になっている。戦ったところを見た者はいないが、噂によると共同洗濯場は数え切れないほどの死体だらけだったという。

「次はどうしますか？」

エリザが問うと、グルガンは金貨袋を突っ返した。

「俺の知ったことか。後は貴様らが勝手にやれ」

「よろしいのですか？」

「俺はここから動けんのだ。現地で指揮を執れない以上、ノイエを出し抜くのは難しかろう」

思ったよりも冷静なグルガンに、エリザは手を焼く。まだ目的を達していないのに、ここで降りられても困るのだ。

仕方なく、エリザは主君からの命令を実行することにした。

「ですが傭兵たちが口を割っていれば、シュベルン卿の仕業であることはすでに発覚しています」

「やはり俺の名前を出したのか」

「はい。依頼主を明かさないことには傭兵たちも動きませんので」

グルガンはエリザをじろりと睨《にら》み、大きく溜息をついた。

「どうせそんなことだろうと思っていた。俺の仕業にして好き勝手やるつもりだったんだろう？」

「御想像にお任せします」

人間的に尊敬できない人物ではあったが、それでもエリザはグルガンが少し気の毒になってきた。

最終的には責任を持ってきちんと逃がしてやろうと思いつつ、とりあえず彼を罠《わな》にはめる。

「ノイエが油断ならない相手であることは、シュベルン卿も御理解いただけたでしょう？　彼がこのまま黙っているはずがありません」

「貴様……」

グルガンはギリッと歯噛《はが》みするが、すぐに気持ちを切り替えたらしい。

「いいだろう、俺とて王都を守るテオドール郡を代々治めてきた『四つ名』の貴族だ。田舎者の『三つ名』ごときに負けてたまるか」

「さすがは誉れ高いシュベルン卿、その意気です」

恭しく一礼しつつ、エリザは心の中で詫《わ》びる。

(すまない……。うまくいったら御前に報告してやるからな)

働きぶりを気に入られれば、主が客分や側近として召し抱えるかもしれない。それなら「四つ名」に相応《ふさわ》しい処遇だろう。そう思うことで罪悪感を紛らわせる。

エリザは続けてこう言う。

「ではとっておきの情報がございます」

思わぬ妨害が入ったりもしたが、どうにかこうにか宿場の経営が軌道に乗り始める。

「グルガンという男は王都から少し離れた山奥の神殿に隠棲《いんせい》しており、そこから全く動いていないそうです」

鉄騎団の軽騎兵が帰還し、前領主の動向を報告してくれた。

「ごくろうさま。本人が動いていないのなら、人の出入りは調べてくれた？」

「はい、最近は行商人が頻繁に出入りしています。若くて美人なので、愛人ではないかと神官たちが噂しているそうですが」

「愛人ね……」

言っては何だが、領地を失って神殿暮らしをしている落ちぶれ貴族を、かつての愛人が訪ねてくるものだろうか。

もしかするとグルガンの代理人を務めるエージェント、あるいはツバイネル公の密使かもしれない。

その美人に関する情報を集めたいが、鉄騎団の軽騎兵は戦場での偵察や伝令が本来の業務だ。本格的な聞き込みや尾行はできない。ここまでか。

「わかったわ。団長に追加報酬を払っておいたから、あなたの取り分をもらっておいてね」

「はっ！」

にやけながら敬礼して下がった軽騎兵を見送り、私は考える。

グルガンは小物だ。本人もそれは薄々自覚しているだろう。実際、テオドール郡を引き渡すときもあっさり引き下がっている。無謀な喧嘩《けんか》はしないタイプだ。

だとすればリンの領地経営を妨害するのは変だ。リスクの割にリターンが乏しい。リンが領地経営に失敗しても、グルガンが領主に返り咲く可能性はほぼない。

一緒に報告を聞いていたリュナンが険しい表情をしている。

「兄上、グルガン殿を捕らえましょう。それが無理なら、せめて王室に通報するべきでは？」

「グルガンは黒幕じゃないわ。雑草で言えば茎の部分よ」

「茎の部分？」

首を傾《かし》げているリュナンに、私は笑いかける。

「そう。刈り取ってしまうのは簡単だけど、根は残るの。そしてまた、違う茎が伸びて葉を茂らせてくるわ。根を引き抜くために、この茎は残しておきましょう」

「引き抜くための手がかりにするってことですね？」

「そうよ。リュナンは賢いわね」

私が褒めると、リュナンは顔を赤くしてうつむいてしまった。相変わらず謙虚な弟だ。将来が楽しみになる。

「グルガンの件も大変だけど、今はもっと大事な案件があるわ。宿場の顔役たちとの打ち合わせをしないと」

「あ、そうでした。ついに陛下が行幸なさるんですよね！」

そう。私の暗示にかかった国王グレトーがようやく動き出したのだ。

「国王陛下の行幸ですと⁉」

宿場町の顔役たちが目をまんまるにしているので、私は笑ってごまかす。

「ここの領主のリン殿下は陛下の実子だもの、娘の顔を見に来ることもあるわ。特に今回は、新しい領地の経営がうまくいっているかを視察なさるおつもりじゃない？」

「で、ではこの宿場町にも……？」

「もちろん」

我々が今一番力を入れているのが、街道の整備だ。旅人たちを呼び寄せて収益を上げ、農業収入との二本柱で稼ぎまくる。

これを見てもらえば、リンが優秀な跡取りであることをアピールできると思う。

「陛下はリン殿下にとても期待しておられるわ。そのリン殿下の領地で、もし何か不都合があれば……」

私は流し目で一同を見て、それから剣の柄頭《つかがしら》をトントンと指先で叩く。顔役たちがゴクリと唾《つば》を呑《の》んだ。私は本気だ。

一転して、私は明るく笑ってみせる。

「普段通りの姿を陛下にお見せすればいいわ。あなたたちのおかげで、テオドール郡は今や旅人たちの憩いの地になりつつあるもの。全《すべ》てあなたたちの功績よ」

「ど、どうも」

「もったいないお言葉で……」

世話役たちは軽く頭を下げ、それからチラチラとお互いに目配せしてから一斉に声を上げた。

「陛下のお泊まりはぜひ、テオドール最大の我が『麦穂館』に！」

「何を言う、一番由緒ある『銀月屋』に決まってるだろう！」

「バカ言え、郷士の流れを汲《く》む『双剣亭』でないと失礼だ！」

私が口を開く前に、顔役たちは互いに睨み合う。

「お前んところは飯がマズいんだよ！　パンぐらい本職の職人に焼かせろ！　それにいかんぞ、あの酸っぱいワインは！」

「大きなお世話だ！　ベッドにシラミが湧《わ》くような宿よりマシだろうが！」

「それよりお前ら、従業員の教育ぐらいきちんとしろ！　なんだあの口のききかたは！」

他の顔役たちも黙ってはいない。

「ノイエ様！　私んとこは若い娘を何人も雇っております！　陛下のお疲れを癒《いや》すにはうってつけですよ！」

「うるせえ、お前んとこはもう娼館《しょうかん》同然だろうが！　私の宿は元宮廷料理人を雇っておりますので……」

「嘘《うそ》つけ、あいつのは北テザリアの田舎《いなか》料理ばっかりだろうが！」

もうグダグダだ。

私は少し考えてから、用意しておいたリストを一同に見せた。

「陛下の行幸は随行員が多いから、分散して各宿に泊まってもらうわ。侍従長や近衛《このえ》隊長、それに侍医長や侍女長なんかもいるから、この機会にコネをしっかり作っておくのね」

彼らは国王に直接仕えている人々だ。領地こそ持っていないものの、下手《へた》な貴族より偉い。

「その代わり、国王陛下はリン殿下の館《やかた》に泊まっていただくわね。警備上の理由だから文句言わないのよ。いいわね？」

「わかりました」

彼らは素直にうなずくと、リストを囲んでわいわい言い始めた。

「わしんとこは侍医たちか……」

「不満なら侍女たちと交換せんか？　うちの婆《ばあ》さんの具合が悪いんで、ついでに診てもらいたいんだ」

「待て待て、俺んとこに来る護衛の連中も入れて三角交換しよう。上の娘が宮廷に奉公したいと言ってってな、侍女たちとコネを作っておきたい」

なんか勝手な相談してる……。

＊　＊　＊

【破滅の序曲】

「い、いいか」

グルガンはカラカラに乾いた喉《のど》をゴクリと鳴らし、一同に命じる。

「へ……陛下を、いや、国王だ。国王グレトーを亡き者にしろ。これは手付け金だ」

ずっしりと重い金貨袋が廃屋の土床に投げ出される。

「うまくいけば、この倍を出す」

あの女が手配した殺し屋たちは、無言のまま佇《たたず》んでいる。

一見すると、身なりはごく普通の行商人や巡礼たちだ。体格も際だって優れている訳ではない。見るからに平凡な男たちだ。

だが彼らの顔つきや表情からは、人間味というものが全く感じられなかった。領主として多くの人間を見てきたグルガンは本能的に危険を感じる。

（こいつらの切っ先がこちらを向いたら、俺は一瞬で殺されるぞ）

人の姿をした猛獣たちと同じ檻《おり》に入れられている気がして、グルガンは落ち着かなかった。

廃屋の屋根から滴る雨漏りの音だけが、やけに大きく聞こえる。

「ど、どうだ？」

グルガンが促すと、男の一人が金貨袋を拾う。中身を確かめることすらせず、彼らは背中を向けた。

彼らの非礼に思わずカッとなったグルガンは、焦燥感もあって思わず声を荒らげた。

「おい、やるのかやらないのかどっちなんだ！」

一同がぴたりと歩みを止めた瞬間、グルガンはぞわりとした恐怖を抱く。

（殺される⁉）

金貨袋を拾った男が振り返り、初めて口を開いた。

「どんな職能であれ、手付けを受け取れば後は仕事の時間だ。職人には敬意を払え」

穏やかな声だったが、言外に殺気がにじんでいる。

（職人？　殺し屋風情が？）

まっとうな領主の感覚で言えば、暗殺を生業《なりわい》とする連中など卑劣で忌まわしい職業犯罪者だ。もっとも、まっとうな領主は暗殺者など雇わない。卑劣なのはグルガン自身だ。

思わず半歩後ずさったグルガンだったが、ふと周囲を見ると他の男たちが全員消えていることに気づく。

「これは⁉」

そう問いかけようとしたが、そのときには目の前の男も消えていた。

さっきまであれだけの人数がいたというのに、痕跡《こんせき》がどこにも残っていない。雨で湿った床土にはグルガンの足跡しかなかった。

きょろきょろと周囲を見回すが、人影はどこにもない。さっきまで複数の人間がいたのが嘘のように静まりかえっている。

「は、ははは……」

グルガンは乾いた笑いと共に、廃屋の汚れた柱に寄りかかった。緊張と恐怖から解放され、口の中がカラカラに乾いている。

（あいつらならやれるかもしれん）

神殿の荘園にある壊れかけの作業小屋から出ると、グルガンは朗報を待つことにした。

＊　＊　＊

窓の外では今日もしとしとと雨が降っている。ここのところ雨続きだ。

「ＶＩＰの警備ならＣＩＡにでも頼めばいいじゃない……」

「びっぷ？　しぃあいえー？」

リンが首を傾《かし》げているので、私は机に突っ伏しながら苦笑してみせる。

「魔女の符牒《ふちょう》だとでも思ってね。国王陛下をお迎えする準備が大変でね。特に警備が」

相手は大統領どころではない。由緒正しいテザリア法によって認められた終身独裁者だ。

「領内で国王に何かあれば、領主であるあんたの責任を問われるわ。そしてそれを狙《ねら》う者がいたとしても不思議じゃないの」

リン王女の名声を失墜させるだけなら未遂でも構わないのだ。襲撃事件が表沙汰《おもてざた》になるだけでいい。

だからツバイネル公が前領主グルガンという手札を引き当てたのなら、本当に使うべきはここだろう。洗濯場襲撃は小手調べといったところか。

ツバイネル公は国王の義父であり、王室への影響力が極めて強い。国王の動向ならどんな機密だろうとも知ることができる。テオドール郡への御幸《みゆき》もとっくに把握しているはずだ。

「一応、王室の近衛兵が厳重に警戒してくれるはずだけど、それがまた厄介なのよ」

「どういうこと？」

「警備上の秘密を理由にして、詳しい予定を何にも教えてくれないの」

国王が来る日はわかっているのだが、一行がどのルートを通ってどこで休憩するのかは知らされていない。

リンが頬を膨らませる。

「それはあんまりじゃないか。私にだって、頼もしい騎兵が四十騎ほどいるんだぞ。郷士たちが率いる農民兵もいる」

「あっちは最高の装備と練度を誇る精鋭よ。傭兵《ようへい》や農民兵なんて最初から信用してないんでしょ」

精鋭ではあるが、実戦経験に乏しいのがテザリア近衛兵の弱点だ。テザリアの王族は戦場に出ないから、近衛兵も実戦経験が積めない。

だが彼らは自分たちのことをテザリア最強の戦士だと思っているだろう。

実際、強いだけでなく士気や忠誠心も高いので、頼りになるのは間違いない。

「ただツバイネル公が何か企《たくら》んでいるとしたら、詳しい予定はあっちには筒抜けのはずなのよね」

「えー、ずるい」

「ずるいわよねえ」

あっちの方が圧倒的に強者《つわもの》だから仕方ない。北テザリアの領主たちから強く支持され、王妃や王太子たちの血族として君臨する本物の権力者だ。

「領外の警備はあなたの仕事じゃないから無視していいわ。問題は領内ね」

私はテオドール郡の地図をじっと見る。

王都からは、しっかり整備された街道が領内を通っている。普通に考えればここを通るはずだ。

早馬が駆けることを前提にしており、街道なら騎兵が戦いやすい。

ただ領民が使う狭い農道や林道もあちこちにある。かつては関所逃れにも使われていた秘密の道だ。

街道からこっちに入られると少々厄介だった。

「ふーん……」

今は関所がないので、これらの道を秘密にしておく理由はなくなった。

領内の農道や林道はだいたい把握できている。「地図に記載された道は公金で整備する」と布告したら、みんなこぞって申告してきた。道路の維持費用は案外馬鹿にならないのだ。

「ここと……ここ。それに、ここ」

私は地図上に銅貨を置いていく。

「何してるんだ？」

「ちょっとしたパズルよ。あんたは勉強してなさい」

私は銅貨を指先で弄《もてあそ》びながら、外の雨模様を見て笑う。

「領内では国王より領主の方が偉いってこと、思い知らせてあげるわ」

「また悪い顔してる……」

＊　＊　＊

【近衛兵たちの右往左往】

国王グレトーの一行がリン王女の治めるテオドール郡に到着したのは、それから数日後のことだった。

何をするにも周到な事前準備が必要なので、国王が予定を立ててから実行に移すまでには時間がかかる。

そのせいで国王の移動範囲は狭くなっており、辺境には目が行き届かないのが実状だった。

そしてどれだけ周到な事前準備をしていても、実行段階で様々な苦労があることを家臣たちはよく知っている。

王の警護を仰せつかっている近衛兵《このえ》たちもそうだった。

「林道が通れない⁉」

先遣隊を務める近衛軽騎兵の小隊長が、部下からの報告に思わず叫ぶ。

「昨日《きのう》まで通れていただろう？」

「はっ、倒木が塞《ふさ》いでおりまして」

「領民にどけさせろ！」

しかし部下の近衛軽騎兵は困惑する。

「領民に労役を課す権利は領主であるリン殿下の特権です。勝手なことをすれば……」

「それもそうか……」

相手が王女殿下なので、迂闊《うかつ》に法令を破る訳にはいかない。

そこに別の軽騎兵が馬で駆けてくる。

「例の木橋が通れません！　農民たちが補修中です！」

「どうして急に補修なんかしてるんだ！　そんな予定なかっただろ！」

隊長が叫ぶと、部下は下馬しながら報告する。

「昨日、荷車が床板を踏み抜いたとかで。先日の雨で腐っていたそうです」

「ううむ、それはいかんな。他の床板も腐っている可能性がある。陛下の御身に何かあっては一大事だ」

渋い顔をする隊長だったが、すぐに溜息《ためいき》をついて地図を広げる。

「あの林道も木橋も通れないとなると、後はこっちの農道を迂回《うかい》して……」

そこに三騎目の軽騎兵が慌てて駆け込んできた。

「代官の命令で農道が通行止めになってます！」

「なんでそうなる！」

「農民の説明によると、先日の雨で土が緩んでいるとのことです！　馬や荷車が通ると崩れる可能性が！」

「もういい、わかった！」

隊長は貴重な地図を地面に叩《たた》きつけて叫んだ。

「街道を直進するよう、本隊に伝達しろ！」


それから数時間後の街道。

麦畑の中を石畳の道がどこまでも延びている。道標の石柱には誰かが編んだ花輪が掛けられて風に揺れている。

そして道端には、腰を下ろした巡礼たちがパイプをくゆらせながらのんびりと会話していた。

「予定と違うな」

「林道は倒木で塞がれ、木橋は補修中。農道は通行止めだ」

「偶然ではないな」

「では例のノイエとやらの仕業か」

「だろうな」

見た目ののどかさに反して、彼らの会話内容は国王襲撃に関するものだった。

リーダー格の男がしばし黙考する。

「街道は領主の騎兵が巡回している。土地勘のある連中だ、おそらく我々も……」

そう呟《つぶや》いた矢先に、軽快な蹄《ひづめ》の音が近づいてくる。兜《かぶと》と胸甲だけの軽騎兵だ。

「やあ、さっきの巡礼さんたちか。また休憩か？」

リーダー格の男は苦笑して、膝《ひざ》をさすってみせる。

「ああどうも。いやね、歳《とし》のせいで膝の調子が悪くって」

「そいつは気の毒だな。もし具合が悪くなったら、宿場の役人に言ってくれ。領内にいる旅人は領民同然に保護すると、リン王女殿下のお言葉だ。じゃあな！」

軽騎兵は下馬せず、軽く手を振って去っていった。

「馬から降りてこなかったな」

「相手が何者であれ、警戒は怠らないという訳だ。侮れん傭兵団だな」

「しかも俺たちのことをきちんと覚えていた。このまま留《とど》まれば怪しまれる」

巡礼姿の暗殺者たちは沈黙し、リーダーを見る。

リーダーは軽く溜息をついた。

「ノイエとやらの策は読めた。国王には強制的に街道を進ませ、その街道に騎兵を集中投入する気だ。こんな開けた場所で多数の騎兵が相手では、さすがにどうにもならん」

「せっかく御前が近衛の上層部に手を回し、林道や橋を通るように仕向けてくださったというのにな」

リーダーは地図を眺め、作戦案を再検討する。

「あのノイエとかいう男、やり手だとは聞いていたが用兵にも隙がない」

「希《まれ》に見る強敵だな。ではどうする？」

「このまま街道で仕掛けるのは自殺行為だ。こんな任務で高価なお前たちを死なせれば御前にお叱《しか》りを受ける。帰路を狙《ねら》うぞ」

一同は無言で立ち上がった。

＊　＊　＊

国王グレトーの一行がリンの城館に到着したのは、予定日の昼下がりだった。

沿道では国王の一行を一目見ようと、領民たちが詰めかけている。有名人の車に群がる様子は、前世とあまり変わらない。

「うおお、ありゃ本物の王室の紋章だ！」

「あの馬車に王様が乗ってるの⁉　それともあっちの馬車⁉」

これまでのグレトーは、不倫相手と隠し子がいるテオドール郡には決して近寄らなかった。だから領民たちも国王の御幸は初めての経験だ。こんな王様でも来れば興奮するらしい。

「やっと王様が会いに来てくれたか！　リン様もお喜びだろう！　いや、めでたい！」

「ボーネン爺《じい》さん、危ないからもう少し下がって！」

「これぐらい構わんだろ？　言われた通りに木橋も……」

「しーっ！　しーっ！」

鉄騎団の騎兵たちが馬車の周辺で警備をしているが、何だか大変そうだ。

その内側では近衛騎兵たちが怖い顔をして睨《にら》んでおり、何かあればトラブルになりかねない。彼らは領民に容赦などしない。

あっちを手伝いたいが、私は歓迎式典の総指揮なので手が回らない。私が動き回っていると、報告に来る者が困ってしまう。

やがて馬車の車列が壁で囲まれた中庭に入ってきた。領民たちには悪いが、ここから先は関係者以外立ち入り禁止だ。

「ここは王都から近いから、来ようと思えばいつでも来られるのよね。その割にはぜんぜん来なかったけど」

国王と王女が対面のセレモニーをやっている間、私は代官としてあれやこれやを取り仕切って奮闘していた。

その補佐をやってくれている異母弟リュナンが嬉《うれ》しそうに言う。

「でも兄上の説得が効いたのか、ついにお越しになられましたね。やはり兄上の影響力は絶大です」

「そんなんじゃないわよ」

魔法で暗示をかけただけなので、父子の問題は何ひとつ進展していない。魔女の秘術なんて言っても、魔法の力なんてこんなものだ。

ズルで何かを成し遂げようとしても、なかなかうまくはいかない。

「人の心って単純明快で複雑怪奇よね」

「え？　どっちですか？」

リュナンが困惑しているので、私は苦笑してみせた。

「ごめんね、何でもないわ。それより会食の準備よ。席が二十も足りないって、ここの顔役どもは何をやってたの」

「侍従と侍女と侍医がゴッチャになってたみたいで……」

日本語でも「侍」が重複してややこしいが、同様の理由からテザリア語でも響きが似ている。普段目にしない単語だから無理もない。

「随行員の歓迎はついでみたいなもんだし、庭の藤棚の辺りにテーブルと椅子を出して野外席ってことにしましょ。それだけだと寂しいから、楽器弾ける連中も集めてきて」

「わかりました。酒と料理はどうします？」

「顔役たちもバカじゃないから、多めに準備させてるわ」

なんで忘年会の幹事みたいなことやってるんだろう。

「ところで警備は大丈夫？」

「ここの郷士たちと鉄騎団が城館の周辺を警戒しています。城館の敷地内は近衛兵が」

「そう」

土地勘のある郷士や鉄騎団なら、近くに不審者が潜伏していても見つけ出すだろう。城館内部は私が見張っている。

「国王陛下はお食事なさってないんでしょ？」

「そうみたいですね。でも兄上、なんでわかるんです？」

「ああいう人たちって用心深いのよ」

毒殺を警戒しているのだろう。宴席では毒を混入されても気づきにくい。

「すぐ退席なさると思うから、お部屋に食事をお持ちしてね。少し多めに」

「わかりました。少し多めですね？」

「ええ、毒味役の分が必要だから」

偉くなっても食事ひとつ自由にならないというのは、ちょっと気の毒な気がする。

＊　＊　＊

【孤独な親子】

父上は宴《うたげ》の席でもほとんど口を開かなかったが、私は決して嫌な気分ではなかった。父上とこうして食事を共にするのは、生まれて初めてだ。

ノイエ殿が宴席に同伴していないのが少し不安だが、ノイエ殿はさっきから出たり入ったりして忙しくしているので我慢する。小さな領地だし、国王をもてなすのは大変なのだろう。

そんなことをぼんやり考えていると、不意に父上が口を開いた。

「テオドール郡の経営は、うまくやっているようだな」

「はっ、はい！」

私は緊張して背筋を伸ばす。予想していたような親子の会話ではなかったけれども、これも大事な会話だ。

「代官のノイエ殿が全《すべ》てを仕切って、街道の整備に努めてくれました。おかげで旅人がよく訪れるようになり、宿場町を中心として活気が出ています」

「そうか。良い家臣を持ったな」

小さくうなずき、沈黙する父上。食事にもほぼ全く手をつけず、私の方も見てはいない。

私は沈黙に耐えかね、自分から発言する。

「ノ、ノイエ殿はアルツ郡ベナン村の代官にもかかわらず、ここまで私を支えてくれました。今はテオドール郡全体の代官として働いてくれて、とても……」

だが父上は私の言葉に興味を示さなかった。無言で杯を傾ける。だが飲んでいる様子はなく、中身は全く減っていなかった。

気まずい空気が流れる。

「その、これも……父上……陛下のおかげです」

やはり父上は無言だった。

それっきり、私と父上の会話は途切れてしまう。

やがて父上は侍従長に向かい、小さく手を振る。

「余がおってはそなたたちはくつろげまい。余は休むゆえ、そなたたちは楽しめ」

すかさず侍従長たちが一礼した。

「我らへのお心配り、誠に恐悦至極にございます」

父上は数名の護衛を伴って退出し、今まで広間の隅に控えていた従者たちは村人たちに案内されて宴席に座る。

ここからは無礼講、従者たちの慰労の宴だ。

彼らにとっては王女の私も鬱陶《うっとう》しいだろう。私も立ち上がり、村人たちに料理を何皿か別室に運ぶよう頼む。

「手数をかけてすまないが、ノイエ殿にもゆっくり食事していただきたいからな」

「いえいえ、私らもノイエ様にはお世話になってますから」

「それに殿下のお優しいこと」

村のおばさんたちが笑顔で皿を運んでいく。

私は正装用の額冠を外すと、小さく溜息《ためいき》をついた。

父と子という関係は、どういう形が正しいのだろう？

＊　＊　＊

国王歓迎の宴の途中だというのに、私は国王グレトーと二人きりで城館の一室にいた。

「そなたの忠告通り来てやったぞ」

王は笑うでもなく、かといって怒っている様子もなく、淡々と言葉を続ける。

「謁見《えっけん》におけるそなたの熱弁に、余も心を動かされた」

「それはどうも」

どうやら国王の記憶では、私が謁見の場で国王を熱心に説得したことになっているらしい。

人間の記憶というのはもともと非常にあやふやで、頻繁に書き換えが起きる。魔法を使えばそれを人為的に起こせる。それだけだ。

ただしどんな具合に記憶が書き換えられているかはわからないので、整合性を壊さないように慎重に会話を進めていく必要がある。

しばらく黙って様子を見ていると、国王はまた言った。

「これでリンは余を尊敬するであろうか？」

んな訳ないでしょ。何言ってるんだろう、このバカ。

私が困惑していると、王は重ねて言う。

「これでもまだ足りぬか」

「ええと……。少なくとも、少しはリン殿下も心を開いてくれたと思いますわ。この調子で……」

「心を開く？」

まだ話している途中だというのに、王は煩わしげに首を横に振る。

「余が求めておるのは、父と子のあるべき姿だ。心を開くなどという話はしておらぬ」

どうしよう。この人とは言葉が通じるけど意思が通じない。

バカなんじゃないの、こいつ。

いや待て。実務面で国王の能力に問題があったという話は聞いていない。名君というほどではないが、暗君とも呼べない。

おそらくこの男は、数字や法文を相手にしている限りは問題ないのだ。しかし人事……もっと言えば人の心と向き合ったときに問題が起きる。人の心の微妙な機微を理解できない。

ある意味、最も危険なタイプの王だった。

王は深々と溜息をつく。

「これだけ譲歩したのだ、リンも譲歩してくれねば困る」

たぶん、グレトーは他人に恩を着せることでしか人間関係を築けないのだろう。それは主従の関係なら何の問題もない。

しかし家族関係、特に親子関係では致命的だった。

一応、ちょっと確認しておこう。

「陛下はその……リン王女殿下の尊敬と感謝を得たいとお思いなのね？」

「無論だ。そなたらも知るように、余には王室内部に味方がおらぬ。リンには余の後継者として信頼できるところを見せてもらわねばならん。その為《ため》にはもっと色々くれてやっても良い」

どうやら私の推測は悪い方向に的中していたようだ。

私は心の中で少し深呼吸し、罪悪感を封印する。

私がどれだけ言葉を尽くしても、この人はわかってくれない。わかりあうことができない。

だからもうしょうがない。

私は笑顔の仮面で本心を隠しつつ、彼に言う。

「陛下。今まで全く何もしてこなかったのですから、リン王女殿下にしてみればまだまだ不足でしょう。恵まれた生活をしてきた王太子殿下たちに比べれば、今の生活など質素極まりないわ」

「ふむ……」

あまり立派とは言えない城館の内装を見回して、王がうなずく。

「確かにな。ベルカールやネルヴィスの家臣たちでさえ、もっと良い屋敷に住んでおる」

「でしょう？　それに次期国王にしては警護の者も少ないですし、資金や権力も足りていませんわ。陛下への尊敬や感謝が芽生えるのは、それからよ」

何かをあげることでしか人間関係を構築できないのなら、好きなだけ渡してもらおう。そして偽りの親子愛に満足してもらうしかない。

私が深い失望を押し隠していると、国王は深くうなずいた。

「道理であるな。名前だけでなく、権力や武力でも王太子と同格にしてやらねばなるまい。この近くの王室直轄領に本格的な山城がある。領地と守備隊ごとリン王女にやろう」

太っ腹の提案に、私は深々とお辞儀をする。

「素晴らしい御配慮だと思いますわ。有事の際には必ずお役に立つでしょう」

「他には何が必要だ。そなたはリンの腹心ゆえ、足らぬものは承知しておろう？」

好機だ。すかさずおねだりする。

「兵を養う軍資金が不足しております」

「余が支払おう。リンに伝えておくがよい」

「それはもう」

うまく歯車が噛《か》み合った。

父は娘に金や権力を与え、娘に愛されていると思いこむ。

娘は父の金や権力を受け取り、生き残る為の力を蓄える。

全員が幸せになれる選択肢だ。……私がリンに負い目を感じるという、ただ一点を除けば。

しかし他に方法がない。リン王女が生き残る為には、ツバイネル公に匹敵する軍事力が必要だ。

なりふり構っていられるか。

「では陛下、これからもリン殿下には目をかけてくださいませ」

「ああ、わかっておる」

国王はようやく、少しだけ笑顔を見せたのだった。


さて、これでリンが政争に飛び込む準備はできた。

後は少しばかり、私が汚れ仕事を片付けてくるとしよう。

＊　＊　＊

【襲撃の終劇】


苦労して見つけた森の中の廃屋で、暗殺者たちは静かに休息を取っていた。

「こんな小屋、よく見つけたな」

「農民たちの密造酒工房だ。領主の許可なく酒を造れば罰金を取られるから、村はずれの森の中にこっそり作る」

「なるほど。だがそれなら地元の農民が来ないか？」

暗殺者の一人が、壁に掛かっている花輪を手に取った。

「見ろ。最近ここに誰かが来た証拠だ」

しかし別の暗殺者が首を横に振る。

「ここはもう使われてないから、村の子供の遊び場になってるんだろう。夜は来ないさ。そいつは元に戻しておけ。痕跡《こんせき》は残すな」

その暗殺者は携帯用の小さなランタンで小屋の中を照らした。空っぽの大きな酒甕《さかがめ》が転がっているだけだが、最近まで使われていた形跡があちこちにあった。

「リン王女がここの領主になってからは、領内の酒造は自由になった。こんな不便な場所で酒を造るヤツはもういない」

「それもノイエとやらの献策か？」

「まあそうだろうな。王女はまだ酒を飲まぬ歳《とし》だ」

廃棄された酒甕を足で転がし、暗殺者は干し肉を噛みちぎる。

「予定通りなら今頃《いまごろ》は帰還して祝杯をあげているところなんだが」

「そうぼやくな。今は警備が厳重で近寄れんが、帰路は往路より警備が手薄になる。いざとなったらクロスボウで狙撃してもいい」

薬箱に偽装したクロスボウを分解点検しながら、別の暗殺者がそう言う。

酒甕を転がしていた男は軽く溜息をついた。

「確かに。今回は仕損じたところで御前からの責めはないからな」

「罪はあの間抜けが全《すべ》て背負って……待て」

暗殺者の一人が急に声を低くした。即座に全員が沈黙し、武器を抜いて身構える。

「……静かすぎる」

「外の見張りはどうした？」

「確か……」

答えようとした暗殺者の首が飛んだのは、次の瞬間だった。

＊　＊　＊

妖刀キシモジンが起こす超加速の世界で、私は思わずつぶやいていた。

「狩人《かりうど》気取りの殺し屋さんは、自分たちが狩られることは考えてなかったのかしら？」

返事はない。暗殺者の首はスローモーションで宙を舞っている最中だ。血飛沫《ちしぶき》の丸い粒が宙に浮かんでいる。

外にいた二人の見張りは一回の加速で始末した。

この密造酒工房は外から見えにくいように偽装されているが、そのせいで周囲の様子がわかりにくい。

だからこそ敵も見張りを外に置いていたのだろうが、事前に仕掛けておいた『警戒の花輪』で人の動きは全てわかっている。

加速状態が終わりに近づき、私は暗殺者たちのど真ん中で再加速した。

「キシモジン！」

暗殺者たちはまだ、地面に転がった仲間の首を見ている。私の姿を捉《とら》えられていない。

「はぁっ！」

妖刀を振るい、次の敵を袈裟《けさ》懸けに斬り伏せる。狭い場所なので敵全員が剣の間合いにいた。一瞬でも加速を途切れさせたら、こっちが殺される。

「ふっ！」

振り下ろした妖刀を返して、次の敵を下から斜め上に切り上げる。再加速して、また別の敵の喉《のど》を刺し貫いた。

「やっぱり襲う方が楽でいいわね」

敵が仕掛けてくるのを待つより、敵が潜伏している場所を急襲する方が有利だ。戦いは襲撃側が主導権を握る。

問題は敵の居場所を突き止めることだったが、これは簡単だった。領内のあちこちに『警戒の花輪』を設置して、人の動きを監視していたからだ。鉄騎団の巡回からの報告もあり、私はすぐに不審な巡礼者の一団を見つけた。

そして私は襲撃のチャンスをうかがう。

まとまった人数の余所者《よそ》が隠れられる場所なんて、領内には数えるほどしかない。だからその全てに『警戒の花輪』を仕掛けて待ち伏せしていた。

小屋に飛び込んで三人を始末したところで、なんだか調子が出てきた。妖刀の切れ味も鈍《なま》るどころか増している気がする。

「はっ！」

この妖刀、もしかして人を斬るたびに鋭利になり、使い手に活力を与えているのだろうか。魔女の『人喰《ひとく》い』の秘術をかけられた武器は、そういう物騒な力を持つという。

（取り扱いに注意しなきゃね……）

危険は承知だが、今はこの一振りの剣が私の命とリンの未来を守っている。

四人目を斬り捨て、五人目を薙《な》ぐ。外で倒した分も合わせると、七人を斬った。

だが妖刀キシモジンの超加速といえども、時間を止めている訳ではない。敵もゆっくりとではあるが動き出している。暗殺者たちの目が私の姿を捉えた。

このまま加速が途切れると危険だが、閉所なので間合いを取れない。

暗殺者がナイフを抜きながら叫ぶ。

「てめえっ⁉」

答える余裕はない。

再加速した直後に背後から『殺意の赤』を感じて振り返る。背中スレスレのところに毒を塗ったナイフの刃が迫っていた。あと半秒遅ければ刺されていた。

「このっ！」

慌てて手首を切り飛ばし、返す刀で頭を断ち割る。これで八人。だがまだ五人もいる。たかが国王一人に暗殺者が多すぎる。

キシモジンの加速状態は三秒程度しか続かない。こんな戦い方では後半戦が厳しい。

「ああもうっ！」

死に物ぐるいになって九人目に片手突きを放ち、刀を引き戻して十人目を斬る。敵のナイフより長いのが刀の強みだが、こんな狭い場所で囲まれていると逆に不利だ。やりづらい。

（しまった、加速が切れる！）

刀を引き戻すときに無駄な動きをしてしまい、ほんのわずかに時間をロスした。だが私が強者《つわもの》でいられるのはたった三秒。半秒のロスが命取りになる。

「あら？」

加速状態が途切れない。残る三人はまだ、スローモーションで私にゆるゆると突進しているところだ。

「妖刀の力が増してるのかしら……？」

敵が減って包囲網が薄くなったので、するりと抜け出して一人斬る。残り二人。まだ加速状態が続いているので、ついでにもう一人斬った。

そこで加速状態が解除される。

「うおおぉっ！」

叫びながら突進した暗殺者がナイフを突き出す。その刃は見事に腹に突き刺さったが、もちろん私の腹ではない。絶命した仲間の腹だ。

「なっ⁉」

深々と刺さったナイフは抜けなくなっており、暗殺者は反射的に手を放した。良い動きだ。

「どこだ⁉」

私を見失っている暗殺者の喉元《のどもと》に、私は血まみれの妖刀を突きつけた。

「ここよ」

「ひぃっ⁉」

暗殺者は悲鳴をあげたが、動きを止めなかった。テザリアの戦作法では暗殺者は捕虜の待遇を受けられない。捕まれば問答無用で処刑だ。だから降伏などしないのだろう。

「化け物め！」

丸腰の暗殺者は前触れもなしに革のブーツで蹴《け》り上げてきた。鋭い蹴りだ。当たれば顎《あご》の骨ぐらい砕けるだろう。

当たればの話だが。

「無駄よ」

『殺意の赤』で攻撃の軌道は全て読める。振り上げたキックが今度は踵《かかと》落としで襲ってくることもお見通しだ。警告代わりにブーツの靴底をスライスしてやった。

「うわあぁっ⁉」

靴底がなくなってぺろんぺろんになったブーツを見て、暗殺者が尻餅《しりもち》をつく。

「その靴じゃ走って逃げられないわね。どう、降伏する？　未遂だから命は助けるわよ」

「ききき、貴様は何者だ⁉」

面倒くさいが答えてやろう。

「我が名はノイエ・ファリナ・カルファード。テオドール郡の代官にしてリン王女殿下の騎士よ」

「貴様が⁉」

暗殺者は驚愕《きょうがく》に目を見開いたが、次の瞬間に叫ぶ。

「ならば貴公と差し違えるまで！」

「だから無駄なんだってば」

暗殺者に『殺意の赤』が輝いた瞬間、私は加速していた。彼がベルトの留め具に仕込んだ毒針を抜くのを見届けた後、私は溜息《ためいき》をつく。

「それがあなたの決断なのね」

私は妖刀キシモジンを振り上げる。

「なら尊重するわ」

最後の暗殺者が床に崩れ落ちた。


翌日、国王グレトーは近衛兵たちに厳重に警護されて帰途に就いた。鉄騎団が領外まで先導する。

リン王女が頭の後ろで手を組み、溜息をつく。

「行っちゃったなあ」

「そうねえ」

親子の対面は素っ気ないものだった。グレトーには父親としての愛情も自覚もない。リンが求める家族の情愛は、これから先も決して得られないだろう。

私は前世でも今世でも家族に愛され、穏やかな人生を送ってきた。境遇の違いを思うと、リンが気の毒になる。

「寂しいんでしょ？　一緒に暮らしたことのない父親でも、あんたのお父さんには変わりないものね」

「んー……まあ、寂しいなんてことは別にない、けど……」

妙に歯切れの悪い口調でもじもじするリン。自分の気持ちを認めたくないのだろう。

だから私は敢《あ》えて慣れ慣れしく接する。

「ほらほら恥ずかしがらないで。私を兄だと思ってくれてもいいのよ？」

「兄？　えー……？」

リンは私をまじまじと見上げて、それからにへらと笑う。

「ノイエ殿は、私の母上みたいなものだからな！」

「しつこいわね、それ……」

リンの実母の名を頂いた身としては、母親代わりにされるのだけは何としても阻止したい。

だがまあ、リンが笑顔になってくれて良かった。

「さ、帰っておやつにしましょ」

「今日のおやつは何だ？」

「毎日新しいお菓子を焼けるほど、うちはお金持ちじゃないわよ。昨日《きのう》の宴会の残り物よ」

「なぁんだ」

不満そうな顔をしてみせるリンだが、目は笑っていた。こんな他愛《たわい》もないやり取りが、彼女の心を少しずつ満たしてくれる。私はそう信じていた。

「ほら、馬に乗って乗って。あんた、一人じゃ馬にも乗れないんだから」

「それを言わないでくれ。気にしてるんだぞ」

「だったら乗馬の稽古《けいこ》をサボるんじゃないわよ。ベルゲンに払った授業料が無駄になるわ」

確かにこれではまるで母親だなと思いながらも、私はリンを馬に乗せて帰途に就いた。

＊　＊　＊

【裁きの時間】


（雇った暗殺者が全員返り討ちにされたと知ったら、グルガンは怒るだろうな……）

エリザは憂鬱《ゆううつ》な気持ちで、神殿へ続く細い道を歩いていた。

ツバイネル公としてはリン王女の汚点になるような騒ぎが起こせればそれで良かったのだが、暗殺者たちはそれすら起こせずに水面下で処理されてしまった。

(御前もお怒りになるだろうか……)

そっちの方がエリザにとっては深刻な問題だ。しかし暗殺者が全滅したのはエリザの責任ではないので、そこは勘弁してもらおうと思う。

そのときふと、エリザの足が止まった。

(あれは何だ？)

街道沿いの広場に何かが吊《つる》されている。

それがどういうものか、見慣れているエリザには即座にわかった。絞首刑にした罪人をそのまま晒《さら》し者《もの》にしているのだ。斬首はテザリア貴族の処刑法だが、平民は縛り首にする。

だが問題は晒されている罪人だ。

(グルガン⁉)

吊されている罪人は、テオドール郡の前領主グルガンだった。

領地を失ったとはいえ、彼はまだ貴族だ。それが平民同様に絞首刑にされているということは、貴族の身分を剥奪《はくだつ》されたことになる。

エリザはグルガンの骸《むくろ》をのんびり眺めている農民に声をかけた。

「あれは誰《だれ》ですか？」

すると農民は陽気に笑う。

「ああ、謀反を企《たくら》んだ大悪人だとさ。ここに運ばれたときにはもう死んでたから、処刑見物はできなかったよ。見たかったね」

「え、ええ。本当ですね……」

グルガンの企てた国王暗殺計画は未遂に終わり、発覚しなかった。にもかかわらず、彼はあっという間に処刑されてしまった。

しかも王室もリン王女も、この件に関しては動いていないはずだ。

（まさか御前が……？）

しかしエリザは何も聞かされていない。

それは職務上知る必要がないとツバイネル公が判断したからだろうが、エリザはグルガンの死に顔を直視できなかった。

（そんな恨めしそうな顔で見ないでくれ）

この場に留まるのは危険だと判断し、エリザは歩き出す。だがグルガンの死に顔が脳裏にこびりついて、どうしても離れなかった。

■エピローグ

国王グレトーがリンに会いに来てくれたので、約束通り私はリンを伴って王宮に参上していた。

国王の御幸《みゆき》に対して感謝を伝えるのは、テザリアではごく当然の儀礼とされる。

リンは今、父親と二人きりで面会中だ。

どうせまた気まずい沈黙と中身のない会話しかしていないだろうが、多少は進展があることを祈っておく。保護者同然といっても私は他人で、彼女たちは親子だ。

（子供が生まれてくる親を選べたらいいのにね……）

宮殿の一室に通されて紅茶を飲みながら待っていると、誰かが部屋に入ってきた。

リンにしては足音が重いなと思って振り返ると、そこに立っていたのは見知らぬ老人の男性だ。足が悪いのか、短くて華奢《きゃしゃ》な造りの杖《つえ》をついている。

誰？

いや、こういうときはテザリア貴族の流儀で考えよう。宮中で大事なのは「私より偉いか、偉くないか」だ。

私がいる部屋に勝手に入ってきたということは、明らかに上位者だろう。さもなければ廊下にいる衛兵が通すはずがない。

私は立ち上がり、軽く一礼する。

「お初にお目にかかるわ。ノイエ・ファリナ・カルファードと申します。あなたは?」

するとと老人は無言で歩み寄ってきながら、こう返す。

「ゼラーン・イオフォ・ヨカシュペテ・クアケル・ラカル・ツバイネルだ」

驚いたことにツバイネル公本人だった。

ツバイネル公は勝手に椅子に腰掛ける。非礼もいいところだが、「六つ名」の彼は「三つ名」の私より三ランク上だ。私は我慢するしかない。テザリアの法律がそう定めているからだ。

「テオドール郡代官よ、座りたまえ」

「あら、どうも」

三ランク上の貴族に対する敬語なんて習ったこともないので、うまくしゃべれない。テザリアの敬語は複雑怪奇だ。とりあえず座らせてもらう。

ツバイネル公は窓から見える庭園を眺めながら、こう言った。

「前の領主は残念だったな」

「ええ。あの男もリン殿下の実の伯父だもの」

グルガンが謀反の嫌疑で処刑されたという話は、私も王室経由で聞いている。

「ツバイネル公が謀反人の逮捕に尽力されたと聞いてますわ。リン殿下に代わり、お礼申し上げましょう」

言外に「お前が始末したんだろ」という皮肉を込めておく。

ツバイネル公がグルガンを操っていたのはほぼ間違いない。『死体占い』で暗殺者の脳は読んだ。

それにグルガンには暗殺者を雇うような金はない。

「シュベルン卿《きょう》も神殿で隠棲《いんせい》していたのに、変な話よねえ」

「全くだ。だが国王陛下に何事もなくて良かったよ。違うかね？」

自分で殺そうとしておいて、よくもまあ言えたもんだと思う。私はニコニコ笑っておいた。

「ええ、仰《おつしや》る通りね」

しかしなんかムカついてきたな。ここまでしてきた以上、この男との和解などありえないし、もう少しチクチクやっておくか。

「十三」

私が始末した暗殺者の数を言うと、ツバイネル公に微《かす》かな青い光が宿った。『殺意の赤』に反応したのだ。

だがそれ以上の変化はなく、ツバイネル公は静かに問う。

「何かね？」

「いえ、リン殿下の歳《とし》ですのよ。若い方には未来があって良いと思いまして」

何を企もうが、先に死ぬのはお前の方だ。そう言っておく。

ツバイネル公はしばらく無言だったが、やがて庭園に咲き誇る一面の花を指さしてこう言った。

「あれはバラだな」

どう見ても百合《ゆり》です。とうとうおかしくなったの？

一瞬混乱したが、私はそこで気づく。

彼は「これをバラだと認めろ」と私に強要しているのだ。ツバイネル公ほどの権力者なら、三つ名の貴族など思い通りに動かせる。逆らえばどんな目に遭わされるかわからない。

要するに私を屈服させたいらしい。それも知性ではなく権力で。

浅薄な男だ。

だから私は言ってやった。

『バーカ』

「ん？」

ツバイネル公は一瞬、戸惑った表情になる。

そりゃそうだろう。私は今、日本語で「バーカ」と言ったのだ。通じるはずがない。

私はすぐに微笑《ほほえ》みながら説明する。

「昔、王を殺そうと企んだ奸臣《かんしん》がいてね。敵味方を見分けるために鹿を連れてきて『珍しい馬だ』と言ったの。彼を恐れる者は鹿を馬だと言い、恐れぬ者は鹿だと言ったわ」

一説によると、これが「馬鹿」の語源らしい。だから私はツバイネル公のことを馬鹿呼ばわりしたのだ。

ツバイネル公はフッと笑う。

「私がその奸臣だとでも言うのかね？」

「いえいえ、ツバイネル公は国王陛下の義父であらせられますから。今回も謀反人を誅《ちゅう》して大活躍だったものねえ」

嫌味全開で笑いかけてやると、私はさっきツバイネル公が示した花を指さした。

「あれは百合よ。知らないのなら覚えておくといいわ」

私は立ち上がると、にっこり笑いかける。

「ではまたお会いしましょう。『馬鹿』のツバイネル公」

ああ、さっぱりした。

＊　＊　＊

【狂乱の序曲】


ノイエが去った後、ツバイネル公はしばらくその場で佇《たたず》んでいた。

やがて恐る恐るといった感じで、宮中を取り仕切る侍従長がやってくる。

「大公殿下、あの……何か御不快な点でもございましたか？」

「いや何もない」

ツバイネル公はそう答えたが、庭をちらりと見る。

「あの百合はいかんな」

「はっ、はい！　ではただちに違う花に植え替えます！」

「よろしい。ではバラにしなさい」

侍従長が慌てて退室した後、ツバイネル公は百合の花をじっと見る。

「私が言えばバラになるのだ。いずれ思い知らせてやるとしよう、長髪の小僧め」

ツバイネル公は両手で杖を握ると、冷たい目をしながら無造作にへし折った。

■設定資料

【国・組織】


「テザリア連邦王国」

ツバイネル王国とランベル王国による連邦王国。もともと同一の文化圏に属する国であり、周辺国の脅威に対抗するために仕方なく手を組んだ。

ただし今でも北テザリア人と南テザリア人は仲が悪い。


「旧ツバイネル王国」

現在の北テザリア。連邦王国成立によってツバイネル王室は公爵家となり、テザリア王室に臣従している（形式的には）。

現在もその影響力は絶大であり、他の貴族とは別格として敬意を払われている。


「旧ランベル王国」

現在の南テザリア。ランベル王室は現在のテザリア王室。連邦王国成立時にテザリア姓を名乗るようになった。

ランベル王が建国時に首都を移転してしまったため、南テザリアの領主たちはテザリア王室に対してあまり深い敬意を持っていない。

「ノルデンティス王国」

テザリアの北に位置する王国。

テザリアとは建国当初からの敵対関係にあるが、交易は行われている。

ただしノルデンティスとの交易はツバイネル家が独占しているため、この国についての情報は極端に少ない。とても寒いらしい。

「サーベニア王国」

テザリアの南に位置する王国。

約二十年前に王位継承をめぐって激しい争いがあり、数年にわたる泥沼の内戦の末に王太子が勝利した。敗北した王弟派の貴族や軍人が多数テザリアに亡命したとされる。

長らく国力の回復に専念していたが、徐々に領土拡大の意欲を見せつつある。

名馬の産地として名高い。

「テザリア清従教団」

テザリアの国教である「清従教」の教団。南北テザリアの貴族や庶民に強い影響力を持つ。

身分や主従関係など、上下関係の秩序を重んじる教義。

その教義ゆえに統治者たちに愛され、サーベニアとノルデンティスも清従教を国教としている。

ただしどの国も自国が清従教発祥の地だと主張しており、教皇が乱立している。

荘園や寄進による豊富な資金力と自前の軍隊を持つ。


【テザリア貴族の序列】


「七つ名」

姓を含め、七つの名を持つ者。七つ名はテザリア王のみに許されるため、事実上国王の別称である。


「六つ名」

姓を含め、六つの名を持つ貴族。

王に次ぐ権威を持つとされ、王位継承権を持つ王族や、旧王族であるツバイネル家の当主など、特別な者にしか許されない。


「五つ名」

姓を含め、五つの名を持つ貴族。王位継承を持たない王族や、有力貴族の当主など。

この辺りまでがテザリアの権力と富をほぼ独占している。

「四つ名」

姓を含め、四つの名を持つ貴族。王室の遠縁、中堅貴族の当主、有力貴族の一門など幅広い。

原則的に四つ名以上が王宮への出入りを許される。将軍や大臣など、要職に就けるのもこの辺りから。


「三つ名」

姓を含め、三つの名を持つ貴族。下級貴族の当主、中堅貴族の一門など。

領主の大半が三つ名であり、名前の組み合わせは「ファーストネーム・領地名・姓」となる。

官僚にも三つ名は多い（王宮への出入りは業務の範囲内で許される）。この場合は「ファーストネーム・役職名・姓」。


「二つ名」

姓を持つ者たち。下級貴族の一門や郷士など。領地名を冠することができないので、二つ名は領主になれない（領主になった時点で三つ名に昇格する）。

特別な功績のあった平民にも一代限りで認められ、士分としての特権を得る。

平民や郷士の場合は、住んでいる村の名などが姓の代わりとなる（例えばベナン村の郷士たちはベナン姓を名乗っている）。

「一つ名」

姓を持たない者たち。平民のほとんどが当てはまる。貴族とは別の法律が適用され、扱いはかなり粗雑。

貴族の地位を剥奪《はくだつ》された罪人は一つ名にされるが、これは「家名を傷つけないように」という配慮でもある。

カドカワBOOKS

辺境《へんきよう》下級《かきゆう》貴族《きぞく》の逆転《ぎやくてん》ライフ
可愛《かわい》い弟妹《きようだい》が大事《だいじ》な兄《あに》なので、あらゆる邪魔《じやま》ものは魔女《まじよ》から授《さず》かった力《ちから》と現代《げんだい》知識《ちしき》で排除《はいじよ》します

2021年4月10日　初版発行

著者／漂月《ひようげつ》

発行者／青柳昌行

発行／株式会社KADOKAWA

〒102-8177
東京都千代田区富士見2-13-3
電話／0570-002-301（ナビダイヤル）

編集／カドカワBOOKS編集部

印刷所／大日本印刷

製本所／大日本印刷

●お問い合わせ
https://www.kadokawa.co.jp/（「お問い合わせ」へお進みください）
※内容によっては、お答えできない場合があります。
※サポートは日本国内のみとさせていただきます。
※Japanese text only

Printed in Japan
ISBN 978-4-04-074033-1 C0093

新文芸宣言

かつて「知」と「美」は特権階級の所有物でした。

15世紀、グーテンベルクが発明した活版印刷技術は、特権階級から「知」と「美」を解放し、ルネサンスや宗教改革を導きました。市民革命や産業革命も、大衆に「知」と「美」が広まらなければ起こりえませんでした。人間は、本を読むことにより、自由と平等を獲得していったのです。

21世紀、インターネット技術により、第二の「知」と「美」の解放が起こりました。一部の選ばれた才能を持つ者だけが文章や絵、映像を発表できる時代は終わり、誰もがネット上で自己表現を出来る時代がやってきました。

UGC（ユーザージェネレイテッドコンテンツ）の波は、今世界を席巻しています。UGCから生まれた小説は、一般大衆からの批評を取り込みながら内容を充実させて行きます。受け手と送り手の情報の交換によって、UGCは量的な評価を獲得し、爆発的にその数を増やしているのです。

こうしたUGCから生まれた小説群を、私たちは「新文芸」と名付けました。

新文芸は、インターネットによる新しい「知」と「美」の形です。

2015年10月10日
井上伸一郎

百花宮のお掃除係
黒辺あゆみ
イラスト　しのとうこ
転生した
新米宮女、
後宮のお悩み
解決します。
シリーズ好評発売中！
カドカワBOOKS
前世の記憶をもったまま中華風の異世界に転生していた雨妹。後宮へ宮仕えする機会を得て、野次馬魂全開で乗り込んでいった彼女は、そこで「呪い憑き」の噂を耳にする。しかし雨妹は、それが呪いではないと気づき……

FLOS COMICにて
コミカライズ連載中!
漫画・shoyu
憧れの後宮はトラブルだらけでした!?
新米宮女、医療チートで大活躍!
風邪の予防にアルコール消毒!
呪い信者の道士と医学論争!?
無害な化粧品づくり!
第4回カクヨムWeb小説コンテスト
キャラクター文芸部門
〈特別賞〉

辺境でのんびり……

出来ずに内政無双中！

はやく休ませて！

うみ ill あんべよしろう
転生し公爵として国を発展させた元日本人のヨシュア。しかし、クーデターを起こされ追放されてしまう。

絶望――ではなく嬉々として悠々自適の隠居生活のため辺境へ向かうも、彼を慕う領民が押し寄せてきて……!?

カドカワBOOKS

The exiled reincarnated duke wanted to take it easy on the frontier and work the fields.
追放された転生公爵は、
辺境でのんびりと畑を耕したかった
～来るなというのに領民が沢山来るから
内政無双をすることに～
少年エースplusにて
コミカライズ
連載中！
漫画：佐藤夕子
シリーズ好評発売中！

竜と精霊と聖女の力で……
領地がめちゃめちゃ強くなってます⁉
B's-LOG COMIC ほかにて
コミカライズ決定！
漫画：黒野ユウ

役立たずと
言われたので、わたしの家は
独立します！
～伝説の竜を目覚めさせたら、なぜか最強の国になっていました～
遠野九重
ill 阿倍野ちゃこ
カドカワBOOKS
言いがかりで婚約破棄された聖女・フローラ。そんな中、魔物が領地に攻め込んできて大ピンチ。生贄として伝説の竜に助けを求めるが、彼はフローラの守護者になると言い出した！　手始めに魔物の大群を一掃し……!?

目覚めたら
最強装備と宇宙船
持ちだったので、
一戸建て目指して
傭兵として
自由に生きたい
リュート
ill. 鍋島テツヒロ
カドカワBOOKS

凄腕FPSゲーマーである以外は普通の会社員だった佐藤孝弘は、突然ハマっていた宇宙ゲーに酷似した世界で目覚めた。ゲーム通りのチート装備で襲い来る賊もワンパン、無一文の美少女ミミを救い出し……。自分の家をもってミミとのんびり暮らすため、いっちょ傭兵として稼いでいきますか。